古典と日本人

「古典的公共圏」の栄光と没落

前田雅之

光文社新書

古典と日本人／目次

第三章　古典的公共圏の確立——身だしなみとしての和歌・古典 105

目次・章扉・図版デザイン　椚田祥仁

序章　古典を学ぶことに価値や意味はあるのか

他者としての古典

古典を学ぶ価値や意味はあるのか？

その答えはおそらくこういうものだろう。世間を生きる大部分の人たちにとって、古典（古文・漢文）とは訳の分からないもの、少しまじめな人でも、中間期末試験に際して、現代語訳を覚えるもの、あるいは、「へ・へ・ふ・ふる・ふれ・へよ」と活用する下二段活用のような意味不明の活用を覚えなくてはならないもの、といった苦痛の記憶として認識されているのではあるまいか。とりわけ、暗記物といわれる歴史（日本史・世界史、言うまでもないが、歴史は暗記物ではない）と並ぶ古文・漢文を苦手とする割合が高い理系の人たちにとって、古典は不倶戴天《ふぐたいてん》の、あるいは、抹殺したい敵であったに違いない（故に東大入試に古典が出題されるのは立派である）。そうでない文系の人たちにとっては、ほぼ大学入試（含「共通テスト」）には出題されるので、やむを得ず、諦めて、最低限の範囲で勉強したというケースが結構な比率に上るだろう。

その一方で、文化、中でも芸能・サブカルチャーとしての古典は、演劇（宝塚歌劇や歌舞伎における『源氏物語《げんじものがたり》』を素材とした劇・ミュージカル）、映画・アニメ・漫画さらにゲームと色とりどりのコンテンツが用意されており、こちらは古文・漢文読解力がほぼ不要なので、何も知らなくても一応は作品を理解し、享受《きょうじゅ》できるようになっている。せいぜい出てくる原文は、NHK大河ドラマ『平清盛《たいらのきよもり》』（二〇一二）において何度もしつこく詠唱《えいしょう》された「遊びやせんとや生まれけむ」（『梁塵秘抄《りょうじんひしょう》』）くらいのものだろう。こうして、古典なるものの世界に入る満足感を得られるのである。

一例を挙げれば、『源氏物語』の漫画版である大和和紀《やまとわき》『あさきゆめみし』（頭中将《とうのちゅうじょう》が銀髪であるのを除いて傑作である）が流行っていた頃、女子高校生たちが「あたし、明石《あかし》って、嫌い」などとよく電車で言い合っていたものだ。彼女たちは、おそらく『源氏物語』を教科書に載っている箇所以外を原文（＝古文）で読んだことなどはない。しかし、それなりに内容を把握し、鑑賞し、批評もできるのである。とはいえ、このような享受は、言うまでもなく、サブカルチャー、言い換えれば、娯楽・消費・商品の対象としての古典である。これで十分だろう、だから古典教育はいらないという意見も聞こえてくるが、古典の付加価値および商品価値については、第六章を参照されたい。

　要するに、古典を学んだことを喜びとする人たちは、現在の日本に住む人間の中でウルトラ・マイナーであり、メジャーの人々は国語科目で大学入試に出題されるから、やむなく学んでいるに過ぎないのだ。ちなみに、私の卒業した地方進学校から国文学科に進んだ生徒はその学年で私だけであった。文学部系に進んだのは五〜六人くらいはいたが、私以外は当時の主流あるいは花形だった英文学・仏文学あたりに進んだ。その他の生徒（だいたい二三〇人程度）は、おおむね医学部・工学部・法学部・経済学部といった将来役に立つ学部に進んだ（理系学部において文学部系に近いタイプ、即ち、役立たず学問は理学部ではあるまいか。こちらも少数派であった）。

　そこから推察されるように、メジャーの面々は大学入学後、古典なるものと接することは一般教養科目で古典を選ばない限りほぼなく、自分と無関係な存在として別段意識もせず人生の大半を過ごしたはずであり、仮に現在の彼ら彼女らに古典教育は必要かと改めて尋ねたら、高校時代の古文・漢文の授業を思い出して、渋面《じゅうめん》を作りながら、いらないと即答するに違いなかろう。ましてや一般社会に生き、日々の生活に汲々《きゅうきゅう》としている圧倒的多数の人たちにとって、古典など別の世界の訳の分からないものとして見向きもされないに違いない。

古典教育批判の始原

そこで、古典教育に関する批判の始原《しげん》と現在をざっとながめておきたい。

古くは明治の二〇年代（一八九〇年代）から今日に至るまで、古文・漢文といった古典を学校で学ぶことは無意味である、もっと言えば、生徒にとって有害であり、時間と努力の無駄であるという批判は繰り返し唱えられていた。古典教育に対する批判は近年に始まったものではない。実のところ、近代日本の事実上の始まりと言ってよい、大日本帝国憲法公布・皇室典範《てんぱん》裁定（一八八九）、教育勅語《ちょくご》発布（一八九〇）といった近代国家の枠組みや制度が確立してくる時期――それは学校教育制度が整備されたり、国文学なる学問が成立したりする時期（一八九〇）でもあったのだが――に照準を合わせるように、早くも古典教育批判は始まっていたのである。こうした史実は、これまであまり知られていないけれども、本書の議論の行方などを考える上でも、最初に確認しておいた方がよい。簡単に言えば、近代日本は一貫して古典に冷たかったのだ。

とはいえ、古典教育不要の理由は、明治期と今日とでは大きく異なっている。明治期の不要理由は、他のアジア諸国のように欧米に植民地化されるという恐怖が前提としてあり、国家の近代化（＝文明開化・富国強兵）へと急いでいた当時の日本にとって、古典（古文・漢文）なるものは近代化の邪魔でしかないというのが不要派トップにいた井上毅《いのうえこわし》（一八四四〜一八九五）の文部大臣在任時（一八九三〜一八九四）の信念であった。

井上は、若い頃、大久保利通《おおくぼとしみち》（一八三〇〜一八七八）の随員として清《しん》国に渡り、李鴻章《りこうしょう》を感激させるくらいの漢文に関する知と作文能力をもち、さしてうまくはないものの和歌も詠《よ》む。一八歳まで宋学《そうがく》（＝朱子学《しゅしがく》）の学徒だったことから分かるように、儒学《じゅがく》・漢学《かんがく》をベースにした近世の正統派知識人であった。その後、熊本藩の意向でフランス学（法学）に転向したとはいえ、儒学・漢学を自己の知的エートスとしていた井上が文部大臣としては断固古文・漢文廃止論を表明したのである。なぜか？　井上の唱えた廃止論については第六章で詳述するが、結論から言えば、近代＝西欧と捉えていた当時にあって、古典の文章は、およそ「西欧的論理」＝近代的論理に乗らない旧時代の代物であって、こんなものにかかずらっていると、日本は永遠に欧米列強から取り残されて、植民地になってしまうといった、それなりに切実な危機感があったからだと思われる。

実際に、古典を尊び、古典教養人＝士大夫《したいふ》（＝文人官僚）が国や社会の中枢を占めていた清朝（中国）は半植民地となった後、辛亥《しんがい》革命で倒れ、やはり科挙を行っていた朝鮮は紆余《うよ》曲折《きよくせつ》の末日本に併合されたのである。井上の危機感が隣国で現実化したのであった。日本が古典を捨てて、法学・工学・憲法・議会といった西欧知＝近代知を導入して近代化に成功したことは言うまでもない。

古典教育批判の現在

他方、現代でよく主唱される古典（古文・漢文）教育不要論は、近代化促進のためではむろんない。既に日本は十二分に近代化されている。それではどういう理由か？　おそらく大きく二つに分けられるだろう。第一には、現代生活に役に立たないといった素朴な不要論である。これは明治以降ずっと存在し、戦後に顕著になったものと思われる。第二には、バブル崩壊後、世界の一等国だった日本が、失われた二〇年あるいは三〇年と指摘されるように、一向に上向きにならない国力停滞の原因の一つとして、教育のありようや改革が議論されてきた。その過程で大学から教養課程がなくなったことが典型であるように（除東京大学・東京医科歯科大学）、役に立つ教育という名の反教養主義、言い換えれば、実利主義的観点から古典教育不要論が新たに浮上してきたのである。現在はこちらの実利主義的な古典教育不要論が最大の不要派勢力であろう。こちらは主として、工学などの理系の人たちのみならず、金融教育が大事だなどと主張している社会科学系の人たちも主唱していると想像される。

古典を教育したところで、国力が停滞することはあるまいと思うけれども、古典を教えるくらいなら、もっと役に立つものを教えればよいのだというのが不要派の最大公約数的主張である。彼らにはどうやら自分たちは古典・古典語をもっている国の住人だという自覚も一切ないようである。

ラテン語と漢文

そこで、一例を挙げてみよう。二〇一九年一月、私の勤務先である明星《めいせい》大学を舞台にして、「古典は本当に必要なのか」というシンポジウムが開催された（その後、シンポジウムの内容は勝又基《かつまたもとい》編『古典は本当に必要なのか、否定論者と議論して本気で考えてみた。』として文学通信より刊行された）[*1]。古典教育肯定派は、渡部泰明《わたなべやすあき》東京大学教授（当時）、福田安典《ふくだやすのり》日本女子大学教授、古典教育否定派は、猿倉信彦《さるくらのぶひこ》大阪大学教授、前田賢一《まえだけんいち》氏（大手電機メーカーOB）、司会は飯倉洋一《いいくらよういち》大阪大学教授（当時）であった。司会・肯定派側はいずれも日本古典文学研究者であり、否定派の二人はともに工学系の研究者である。

侃々諤々《かんかんがくがく》だった議論の詳細は、同書に拠《よ》って戴きたいが、私の感想は二つあった。まず、否定派は古典（別段日本古典に限らない）がもっていた歴史的役割を一切理解していなかったということだ。前田氏は、ニュートン（一六四二〜一七二七）の『プリンキピア』(Philosophiæ Naturalis Principia Mathematica) は科学史における古典だが、これなど現代語訳で読めば済むと言われた。内容だけを知るなら、その通りだろう。既に物理学では誰も相手にしない古くさい、古典的な理論だろうが、科学史的知見を得るには、現代語訳で十分である。しかし、なぜニュートンが前近代ヨーロッパにおける古典語でありかつ共通語であるラテン語で同書を執筆したのか、また、同書を読む側もラテン語で書かれていることになんら疑問をもっていなかったという事実は、どうやら前田氏には想像できなかったようである。これは、杉田玄白《すぎたげんぱく》（一七三三〜一八一七）がオランダ語で記された『ターヘル・アナトミア』(Ontleedkundige Tafelen、原著はドイツ語) を『解体新書《かいたいしんしょ》』として漢文訳（但し、他の本も参照したとのこと）したのとほぼ同じ問題が『プリンキピア』にはあるのである。つまり、ニュートンにしろ、玄白にしろ、当時のヨーロッパなり日本で学術的な問題を論ずる際の言語は古典語だったラテン語であり、漢文だったということである。彼らには、内容さえ分かればよいという問題意識はなかったはずである。ラテン語や漢文で記すという知的伝統、文化の中でそれが実践されただけのことで、これは古典のもつ歴史的意義や役割の一つである。しかし、こうした文化的伝統に絡む問題意識は、否定派にはもとより存在していないようであった。

おそらく否定派は、三《み》島《しま》由《ゆ》紀《き》夫《お》（一九二五〜一九七〇）が古文の現代語訳絶対反対を唱えたことの狙いすらも一切分からなかったに違いない。現代語訳を読むだけでは、古文原文のもつ感性・感覚・リズム、そして、現代文とは異なる文章の組み立てられ方が理解できないのである。これらは受け継ぐべき伝統であると三島は考えていたのだった。

古典への愛と無関心

他方、肯定派も古典のさまざまな価値やありようを多角的に主張しながらも、否定派を説得とはいかないまでも納得させることも遂にできなかった。議論は両者すれ違いのまま終わったのである。なぜなのか？　肯定派が持ち出す問題や論点がどうして否定派には理解されないのか。無知だからと言って済ませればそれでおしまいである。

おそらく肯定派は肯定派の中でしか古典なる問題を考えていなかったからに違いない。古典の多様性や古典への愛を説いても、最初からそうしたことに関心がない人間にとっては何のことかは分からないのである。こうしたすれ違いの根底には、近代における学問の辿った極度の細分化があるように思われる。それは同じ古典研究者同士でも、少し専門分野が異なると、てんで議論にならないというか、双方不可知の世界となっていることがままあるのだ。

たとえば「能楽《のうがく》」の研究発表は連歌《れんが》研究者にとってほとんどちんぷんかんぷんであることが多い。戦前の旧制高校にあった大正教養主義（いわゆるデカンショに代表されるそれ）が共有されていた時代ならともかく、現代ではこうした共有知はほぼなくなった。まして、文系と理系となると、両者の間の距離は絶望的に遠いのである（例外は理系の文科系である建築史と農業経済学くらいか）。よって、両者の立つ基盤・知が共有されていないので、双方の意見はそれぞれに評価しうるものの、言いっ放しで終わり、共有知とはならなかったのである。

となると、問題は、「古典」を議論する以前に、最低限の共有知の構築が重要ということになろうか。ラテン語・漢文など、近代以前の社会には共有知がしかと存在していた。だが、現代社会で、それに相当するのは何だろうか？　まさか英語ではあるまい。とはいえ、この手の議論は今後も行われるべきである。そこから、いつか共有知に繋がる議論が浮かび上がれば、それに越したことはない。こうした時、教養という既に忘れられかけた言葉が妙に懐かしく感じられてくる。

さて、そうは言っても、生徒たちは高校時代多くの科目を学ばなければならないのだ。英語も大事だ、技術王国を維持するには理系も大事だと、何でも等価値に置く文科省の方針に従って、その何十分の一かを古典（古文・漢文）が担っているに過ぎないわけだが、否定派によれば、これも無駄であって、その時間を英語なり、数学なりに当てた方が今後の日本の役に立つというのだろう。全く不要とされる内容は異なっていながらも、明治と現代の不要論は、今後の日本のためには役に立たない科目として古典（古文・漢文）を捉える点では見事に共通している。役に立たない科目として古典（古文・漢文）は近代社会をなんとか生き抜いてきたのであるが、よくぞ頑張ったと励ましてあげたいくらいである。

文科省が考える古典（古文・漢文）教育

古典（古文・漢文）教育は、日本を科学的かつ産業的・経済的にさらに発展させたい派とも言い換えられる古典教育否定派から、教育の意義・内容を一切理解されないまま拒絶されているが、それに対してとやかく言う前に、まずは日本の教育の枠組みを決定している文科省の高等学校学習指導要領で古典（古文・漢文）がどのように位置づけられているかを確認しておきたい。というのも、古典教育に関する国の方針と狙いがそこに見られるからである。古典教育を守ってきた最大の支えは国の教育制度であったのだ。以下で検討するが、二〇二二年改訂の学習指導要領の理念はこれまでに比べて圧倒的に素晴らしいものの、具体的な中身となると、相変わらずの内容となっている惜しい代物である。

最初に現在の国語科の科目名と単位数および配当時間を述べておこう。二〇二二年から実施されている高等学校学習指導要領には国語科の科目として、「現代の国語」（2単位）、「言語文化」（2単位）〈以上共通必履修科目〉、「論理国語」（4単位）、「文学国語」（4単位）、「国語表現」（4単位）、「古典探究」（4単位）〈以上選択科目〉が置かれている。

最初に驚くのは、古典なる名称をもつ科目は2年生以上で学ぶ「古典探究」であるが、1年生相当科目にはそれが見られないことである。だが、内容をよく見ると「言語文化」という科目で古文・漢文を学ぶことになっている。遂に科目名から古典（古文・漢文）が消えたかとお嘆きの方もいるだろうが、「言語文化」とは、古典（古文・漢文）をさらに抽象化したような科目名にしておいて、古典（古文・漢文）を学び、かつ、古典に関する現代評論・随筆（エッセー）・小説（芥川《あくたがわ》龍《りゅう》之介《のすけ》『羅生門《らしょうもん》』など）もそこに含まれるようになっているのである。言ってみれば、古いとされるものを一切合切詰め込んだ科目ということになろうか。それならば「古典文化」くらいにするのが筋かなと思うのだが、あくまで「言語」という言葉にこだわったのが、今回の改訂の肝であるようだ。

ある教科書会社が想定する高校普通科では、「国語は1年生で『現代の国語』『言語文化』を2単位ずつ、2・3年生で『論理国語』『古典探究』を履修し、文系は加えて『文学国語』も履修する。『国語表現』は文系2・3年生で選択」というモデル案（他にもあるが、代表例のみ挙げた）が出されている。つまり、1年生の古典（古文・漢文）は「言語文化」という科目で学び、2・3年生で「古典探究」でより発展的な学習を学ぶようになるということだろう。

それでは、学習指導要領が掲げる古典（古文・漢文）学習の目的と狙いはどうなっているのであろうか。

まず、「言語文化」では、「性格」として以下の内容が挙げられている。

> 急速なグローバル化が進展するこれからの社会においては、異なる国や文化に属する人々との関わりが日常的になってくる。このような社会にあっては、国際社会に対する

理解を深めるとともに、自らのアイデンティティーを見極め、我が国の一員としての責任と自覚を深めることが重要であり、先人が築き上げてきた伝統と文化を尊重し、豊かな感性や情緒を養い、我が国の言語文化に対する幅広い知識や教養を活用する資質・能力の育成が必要である。

「言語文化」は、このことを踏まえ、上代から近現代に受け継がれてきた我が国の言語文化への理解を深めることに主眼を置き、全ての生徒に履修させる共通必履修科目として新設した。小学校及び中学校国語科と密接に関連し、その内容を発展させ、総合的な言語能力を育成する科目として、選択科目や他の教科・科目等の学習の基盤、とりわけ我が国の言語文化の担い手としての自覚を涵《かん》養し、社会人として生涯にわたって生活するために必要な国語の資質・能力の基礎を確実に身に付けることをねらいとしている。

やや長いが、ここに述べられている内容、とりわけ前段は画期的である。これまでの指導要領の中では最高の出来であると言ってよい。なぜか？　それは「自らのアイデンティティーを見極め、我が国の一員としての責任と自覚を深めることが重要であり」という箇所にある。

たとえば、イスラーム世界では、子どもの頃から自国語と異なる古典アラビア語で『コーラン（クルアーン）』を、イスラエルや伝統的なユダヤ人社会では、『トーラー（モーセ五書〈＝創世記～申命記〉）』、『タルムード（＝モーセが伝えた口伝律法）』というユダヤ教の聖典を古典ヘブライ語で暗記・暗唱させているのは、子どもたちにムスリム・ユダヤ教徒としての宗教的アイデンティティーを確立というよりも体得させるためである。これによって、宗教に基づいた道徳・倫理も同時に身についた正しい信者となり、イスラーム・ユダヤ社会の一員となることができるのである。その事情はヨーロッパにおいてもさして変わらない。ヨーロッパ諸国の恵まれた少年少女たちがパブリックスクールなり、ギムナジウムなりでラテン語を学び、ラテン語で記された『ヴェルギリウス』やキケロの散文を読まされる（含暗記）のも宗教性は希薄ながら似たような行為である。高田《たかだ》康成《やすなり》『キケロ』[*2]が詳細に論じているように、キケロ（紀元前一〇六～紀元前四三）の散文は、ヨーロッパ全体の知的伝統として享受されていた。これまた、ヨーロッパのエリート・知識人たるもののアイデンティティーを支えていたと思われる。その後に、イタリアならダンテ『神曲《しんきょく》』、イギリスならシェイクスピアの戯曲やミルトンの『失楽園』、ドイツならゲーテの諸作品が続くのだろう。

この日本においてはじめて古典を学ぶ目的として、「アイデンティティー」と「我が国の一員としての責任と自覚」が登場したのである。これは大いに喜ぶべきことであり、漸《ようや》く古典の意味が理解されてきたと私などは感動すら覚える。

だが、後段の説明に入るや、「我が国の言語文化の担い手としての自覚を涵《かん》養し、社会人として生涯にわたって生活するために必要な国語の資質・能力の基礎を確実に身に付ける」と、前段の高い志向性や理念が一気に腰砕けになっているではないか。とりわけ「社会人として生涯にわたって生活するために必要な」というのは一体何だろうか。社会人・生涯・生活と古典とはどのように結びつけられるのか。ここでも「自覚」は繰り返されているが、グローバル化とアイデンティティーの接合はどこかで消えてしまったようだ。ここが残念でならない。

もっとも、グローバル化故にアイデンティティーとしての古典という設定にそもそも無理があったかもしれない。グローバルであろうがなかろうが、アイデンティティーとしての古典で打って出るべきだったのであると改めて思う。

続いて、「古典探究」の「性格」を見ておこう。これまた長いので、前段と後段のみを引用する。

時代がいかに変わろうとも普遍的な教養があり、かつてはその教養の多くが古典などを通じて得られてきた。これらの教養は、先人が様々な困難に直面する中で、時代を越えた「知」として蓄積されてきたものであり、そのようにして古典は文化と深く結び付き、文化の継承と創造に欠くことができないものとなってきた。国際化や情報化の急速な進展に伴って、未来がますます予測困難なものになりつつある中、社会でよりよく生きるためには、我が国の文化や伝統に裏付けられた教養としての古典の価値を再認識し、自己の在り方生き方を見つめ直す契機とすることが重要である。

（中略）

この科目では、古典などを読んで、我が国の伝統的な言語文化に対する理解を深めたり、先人のものの見方、感じ方、考え方との関わりの中で伝え合う力を高めたり、生涯にわたって古典に親しみ自己を向上させたりすることをねらいとしている。小学校、中学校及び共通必履修科目「言語文化」の指導との一貫性を図り、伝統的な言語文化に関する課題を設定して探究したり、我が国の文化の特質や我が国の文化と中国など外国の文化との関係について考察したりして、古典への興味や関心を広げることを重視している。

前段は、大まかに言えば、「言語文化」同様に、かなりまともな古典観である。但し、問題点がないわけではない。まず、「普遍的な教養」なるものがあるのかどうか。そんな便利なものがあればお目にかかりたいが、それ以上に、どこか日本国憲法の前文にある「人類普遍の原理」や「政治道徳の法則は、普遍的なものであり」を一瞬想起させてしまうではないか。現憲法の思想は一八世紀の啓蒙思想に由来すると言われているが、二一世紀の現在、これに再び乗ったのだろうか。

とはいえ、続く「その教養の多くが古典などを通じて得られてきた」や「時代を越えた『知』として蓄積されてきた」ことに限って言えば、それらは歴史的に見て妥当《だとう》だと言ってよい。だが、「先人が様々な困難に直面する中で」という文言には、「時代の荒波に耐えてきた書物が古典である」とする、「普遍性」に通じるやや古くさい近代的な古典観に基づいており、戴けない。

そして、後段に移ると、「言語文化」同様の腰砕けとなる。「生涯にわたって古典に親しみ自己を向上させたりすることをねらいとしている」ことをこの科目の狙いとした上で、「古典への興味や関心を広げることを重視している」と結んでいるからだ。前段のやや古くさいとはいえ、高《こう》邁《まい》な古典論は、後段になると、途端に「古典に親しみ自己を向上」「古典への興味や関心を広げる」と萎《い》縮《しゅく》してしまう。古典に親しむことが自己を向上させることに繋がるのか（堕落はさせないだろうが）、古典への興味・関心を広げることを重視するための具体化が「言語文化に関する課題を設定」「我が国の文化の特質や我が国の文化と中国など外国の文化との関係について考察」では曖《あい》昧《まい》模《も》糊《こ》としており、腰折れ和歌を詠んだり、安易な日中比較文化研究をしたりすることがはたしてこの科目の狙いを実現するか、甚だ心許ないではないか。

簡単に言えば、とってつけたような内容が学習指導要領では繰り返し唱えられているのである。とはいえ、文科省の学習指導要領に、理念的な古典観が、二〇二〇年代にして漸《よう》く現れたことだけは歓迎したい。

古典を学ぶ意味とは？

古典を学ぶ意味は、これまでまともに議論されたことなどなかった。授業科目にあるから、国文学科に進学する人以外はいやいや学んでいただけである。しかし、この際本書では、これを歴史的に掘り下げてみようではないか。「アイデンティティー」もその重要な要素だが、それだけではない。私の見通しを予め述べておくと、古典的知をもつことは、常に、現代を相対化しうる視点をもつことを可能にするのである。別段、古典の引用だらけのT・S・エリオット（一八八八～一九六五）の難解な詩（『荒地《あれち》』）のごとき作品を作れと言いたいのではない。現代の相対化は、自己の相対化でもある。これがグローバル化とどう繫がってくるかは今のところ不明ながら、自己を疑うことが知の世界への始まりであるから、古典を学ぶことはそのまま知・私・現代を相対化することに繫がるのである。

加えて、日本という国に生まれ生きるということは、古典・古典語という文化伝統をもった国に生まれ生きるということを意味する。これを勝手に拒むのは自由だが、ある意味で避けられないのである。この点については終章で詳述するが、ここでは、古典・古典語をもった国・地域に生まれた人間にとって古典とは〈宿命〉であるとだけ述べておこう。

いよいよ本論に入りたい。

＊1　勝又基編『古典は本当に必要なのか、否定論者と議論して本気で考えてみた。』（文学通信、二〇一九年）
＊2　高田康成『キケロ』（岩波新書、一九九九年）

第一章

古典意識の成立

——古典なるものと藤原俊成の戦略

(1) 世界は二つの国・地域に分かれている

古典・古典語をもつ国・地域

ざっくりと言ってしまえば、世界、とりわけ前近代の世界は、古典・古典語をもつ国・地域とそうでない国・地域という二つの領域に分かれている。それはこういうことだ。一つは、古典・古典語をもつ七つの国・地域である。詳細については後述するが、それらの国・地域をここでは**〈前近代文明社会〉**と呼んでおきたい。もう一つは、古典・古典語をもっていない国・地域である。具体的には、中南米のマヤ文明やインカ帝国、サハラ以南のアフリカの諸王国などがそれに該当する。一部に高度な文化・文明をもちながらも、文字をもっていなかったので、古典・古典語それ自体が存在しなかったのである。こうした国・地域を、ここでは、川《かわ》田《だ》順造《じゅんぞう》『無文字社会の歴史』[*1]に倣って、**〈無文字社会〉**と呼んでおきたい。

なお、ここで改めて強調しておきたいのは、〈前近代文明社会〉と〈無文字社会〉という二つの社会の間には、文化・文明の質が異なるだけで、差別や蔑視《べっし》の温床《おんしょう》となる優劣などの関係性はないことである。二つの世界を「熱い社会」と「冷たい社会」と分類したレヴィ＝ストロース『野生の思考』[*2]によれば、両者の差異とは、世界に対する分類体系の違いに過ぎないようだ。〈無文字社会〉とは、文字に加えて古典・古典語がないだけであるから、ここは、前記のように、〈前近代文明社会〉と〈無文字社会〉と分けておきたい。よって、「高貴なる野蛮人」（ああ勘違いだろう）も「野蛮なる文明人」（実はそれなりにいたのだが、ソースタイン・ヴェブレン〈一八五七～一九二九〉の『有閑階級の理論』[*3]に登場する有閑階級がこれに近い）もともに幻想の所産であると捉えておく。

〈前近代文明社会〉とは何か

さて、本書が主題とするのは古典であるから、当然ながら**〈前近代文明社会〉**が対象となる。そこで、まずは古典・古典語をもつ〈前近代文明社会〉は具体的にはどこを指すのかを以下列挙しておこう。

①漢文文化圏　中国・朝鮮・日本・琉球《りゅうきゅう》・ベトナム（漢文が古典語、宗教は儒教《じゅきょう》・仏教・道教・神道など。但し、日本には古典語としての和語・和文があり、「和漢」という二つ

の古典・古典語をもつ）

②チベット語文化圏　チベット・モンゴル・満洲（チベット語が古典語、宗教はチベット仏教）

③サンスクリット文化圏　インド・スリランカ・東南アジア（サンスクリット＝梵語《ぼんご》が古典語、但し、南伝《なんでん》＝小乗《しょうじょう》仏教にはパーリ語、インドにおいてもプラークリットという古典語もあった。宗教はヒンドゥー教・仏教）

④アラビア語文化圏　イスラーム全地域（古典アラビア語が古典語、但し、中東地域などでは、宗教・法・哲学＝アラビア語、文学＝ペルシャ語となっており、ペルシャ語も古典語に入る。宗教はイスラーム）

⑤ギリシア語文化圏　ギリシア・東ローマ帝国・東欧・ロシア（古典ギリシア語が古典語、その後、ギリシア正教を継承したロシアのキリル文字も用いられた。部分的にはラテン語も古典語となる。宗教はギリシア正教、ロシア正教）

⑥ラテン語文化圏　ローマ帝国・西ヨーロッパ（ラテン語が古典語、途中から古典語としてギリシア語も加わる。宗教はローマ・カトリック、プロテスタント）

⑦ヘブライ語文化圏　ヨーロッパ・ロシア・中東地域・北アフリカなどのユダヤ人社会

（古典ヘブライ語が古典語、宗教はユダヤ教）

全部で七つの国・地域に分かれるが、そのうち、⑤と⑥は合わせて**ヨーロッパ＝キリスト教文化圏**ということでまとめることも可能である。⑤が母胎を東ローマ帝国に置き、⑥が母胎を西ローマ帝国に置いていたことによる差異である。ともに基盤となったのはギリシア文化・文明およびキリスト教を受容したローマ帝国である。

「和漢」という二つの古典をもつ日本

次に、古典を叙述する古典語を複数もっている国・地域に見られるのは、中東におけるアラビア語とペルシャ語のような、主たる**古典語**（宗教・法・哲学）と**准古典語**（文学）といった役割分担だろう。そうした中で、インドのムガル帝国においては、公用語がペルシャ語であり、俗語がウルドゥー語であった。つまり、ムガル帝国では、宗教言語としてのアラビア語の他、公用語（法・行政）・文学言語としてのペルシャ語、俗語・文学言語としてのウルドゥー語という三つの言語があったことになる。そのために、ムガル帝国期の初期詩人はいずれもペルシャ語・ウルドゥー語詩人であった。

そうした中で、「和漢」二つの古典をもつ日本は特異な位置づけにある国だと言ってよい。というのも、日本の「和漢」という二つの古典・古典語の間には価値の差異がさして見られないからである。

むろん、漢文を真名文《まなぶみ》、和文を仮名文《かなぶみ》というように、正史である『日本書紀《にほんしょき》』（七二〇年成立）が漢文で記されていること、さらに、『古今和歌集《こきんわかしゅう》』にも真名序《まなじょ》（漢文）・仮名序《かなじょ》（和文）という二つの序文があることから判明するように、一応、漢文を第一の古典語としていたことは確かであろう。正史は、東アジア世界においてのラテン語であった漢文で書かれる必要があったし、和歌の勅撰《ちょくせん》集に、漢文で記された序文（真名序）をもたせることによって、『古今集』を世界基準（漢文文化圏）の中に置きたいという狙いが込められていたことは疑いを入れない。その意味で、漢文の方が正式の文字・文章（真名・真名文）であり、格が上であった。

だが、他方において、『日本書紀』の八年前に成立した『古事記《こじき》』は、変体漢文を基軸としながら、万葉仮名《まんようがな》（漢字）で一語一音表記がされるなど和文も加わった史書であったし（故に、本居宣長《もとおりのりなが》〈一七三〇～一八〇一〉の『古事記伝』が世に出るまで、内容がほとんど理解できない時代が長く続いた）、『古今集』の和歌は本来詞書《ことばがき》を含めて全文仮名で記されていたと推測されるように、和文および和歌の地位もそれほど低くはなく、和歌と漢詩の関係においても、両者はほぼ同価値のものとして位置づけられていたと思われる。

そこには、和文・和歌の独自性の強調といった特異な動きを見ることができる。こうした動きの背景には、漢文に対する和文、漢詩に対する和歌（これは『古今集』と同時に生まれた言葉ではなかったか。それまでは単に「歌」と呼んでいた。但し、漢詩と区別する意味合いで「倭歌」という表記が『万葉集』などに数例ある）の自立性あるいは、近代風にいえば、中国に対するナショナリズムに基づく対抗心も窺えよう。また、『古今集』注釈（＝古今注《こきんちゅう》）を通して、和歌と漢詩をめぐる優劣論争もそれなりにあった。とはいえ、実態としては、藤原為《ふじわらのため》家《いえ》（一一九八～一二七五）の和歌＝漢詩同一論に示されるように、ほぼ対等であったことをここでは強調しておきたい。

後代に至ると、私が中国の大学で説明して、現地の学生たちが等しく驚愕《きょうがく》した、鎌倉期以降の詩歌合《しいかあわせ》（漢詩句と和歌とをつがえ、勝負させる歌合《うたあわせ》）、室町期以降の和漢聯句《れんく》・漢和聯句（五・七字の和句に随時五字の漢句――脚韻《きゃくいん》を踏む――を繋げていく聯句。和句から始まるのが和漢聯句、漢句から始まるのが漢和聯句、お遊びとしての俗語や非風雅な言葉を弄《もてあそ》ぶ和漢俳諧《はいかい》聯句、漢和俳諧聯句もあった）がそれぞれ主催され、とりわけ和漢・漢和聯句は室町から近世初期まで貴顕《きけん》の間で連歌と並んで盛行《せいこう》したように、日本においては、和漢の関係は極めて緊密であった。江戸期に至っては和漢俳諧・漢和俳諧ともなった。

よって、まとめてみると、「和漢」とはともに日本の古典・古典語だったということである。こうした「和漢」世界を全面的に崩壊させたのは、言うまでもなく、近代社会の出現であった。

さて、朝鮮半島には、独自文字であるハングルやそれで記したハングル文学があった。しかし、それらは正統的な古典となっていない。ベトナムの字喃《チュノム》も漢字との混用であり、朝鮮半島と事情はさして変わらない。たとえば、『大越史記全書』（一四七九）といった正史は漢文で記されていた。朝鮮半島・ベトナムはともに漢文が古典語であり、漢文テキストが古典だったのである。そうした中で琉球王国（一四二九〜一八七九）は、平仮名と漢文という二つの書記言語をもっていたことで、日本にやや近い古典（『おもろさうし』など）・古典語の様相を呈していた。

他方、ヨーロッパにおいても、デカルトは、ラテン語によって『精神指導の規則』（一六二八、未完）を著《しる》した後、今度は、フランス語で『方法序説』（一六三七）を完成しているように、近代の声を聞く頃になると、古典語と近代語（その後、国民語・公用語になる）との併用が起こり、その後、一八世紀末以降は近代国民語に拠る著述が支配的になってくる。いわゆる近代文学・近代哲学の成立・展開、近代国民語の普及はほぼ同時であった。

日本においても、古典語から近代国民語に変更されていくという現象は、明治初期〜後期の言文《げんぶん》一致《いっち》体《たい》運動の過程、言い換えれば、近代化の過程で起こっている。ここからも、近代社会の進展と古典・古典語との反りの合わなさが窺い知られようか（第六章も参照されたい）。

古典とはどんな書物を指すのか

それでは、七つの国・地域における古典、即ち、古典的書物とはいかなるものを指すのだろうか。代表的な古典を以下列挙してみたい。

❶漢文文化圏　儒教経典（『礼記《らいき》』・『尚書《しょうしょ》』・『詩経《しきょう》』・『論語《ろんご》』・『考経《こうきょう》』などからなる十三経）・史書（『史記《しき》』・『漢書《かんじょ》』・『後漢書《ごかんじょ》』などの正史）・漢詩（『文選《もんぜん》』・『白氏文集《はくしもんじゅう》』など）・漢訳大蔵経《だいぞうきょう》など。

❷チベット語文化圏　チベット語訳大蔵経など。

❸サンスクリット文化圏　ヴェーダ文献（『リグ・ヴェーダ』など）・ヒンドゥー教の経

典（『バガヴァッド・ギーター』など）・サンスクリットで記された仏典（梵文《ぼんぶん》『法華経《ほけきょう》』など）・パーリ語で記された南伝大蔵経など。

❹アラビア語文化圏　『クルアーン』・『ハディース』・アリストテレスの注釈書など。

❺ギリシア語文化圏　『新約聖書』・ヘロドトス『歴史』・トゥキュディデス『戦史』などの史書・プラトン・アリストテレスをはじめとする古代ギリシア哲学や文学作品など。

❻ラテン語文化圏　『聖書』（ラテン語訳聖書）・ラテン語訳のアリストテレスの作品や注釈書・ヴェルギリウス『アエネーイス』・キケロ・タキトゥスなどの盛期ローマ時代の文人によるラテン語の諸作品・ローマ法の集大成たる『ローマ法大全』など。

❼ヘブライ語文化圏　『トーラー』・『タルムード』など。

ざっと一覧して分かることは、七つの文化圏において、古典として不動の地位にあるのは、第一に、**宗教経典**（仏典・ヒンドゥー教の経典・『クルアーン』・『聖書』）であり、第二に、**思想哲学**（『論語』などの儒教経典・ヴェーダ文献・ギリシア哲学）・**倫理道徳**（『礼記』・『孝経』などの儒教経典・イスラームの生活規範を説く『ハディース』）の書物が続くということである。

そして、第三に**史書類**（中国の正史・ギリシア＝ローマの史書など）が位置づけられているということである。

以上、**〈前近代文明社会〉**において、第一の古典とは、宗教経典、思想哲学書、倫理道徳書、そして、史書であることを確認した。そのうち、『法華経』をはじめとする仏典、『リグ・ヴェーダ』、『バガヴァッド・ギーター』に代表されるヒンドゥー教の経典、イスラームにおける『クルアーン』、キリスト教における『聖書』は今日においても深く尊崇され続けている聖典である。

たとえば、イスラーム文化圏では、前述したように、小学校を終えた子供たちの多くは、そのままコーラン学校（マドラサ）に行き、古老の指導を仰ぎながら、『クルアーン』を古典アラビア語で詠唱し、可能ならば全巻暗記・暗唱するまで学習する。これをインドネシアからモロッコまでやっているのである。現地語とは全く異なる古典アラビア語（＝フスハ）で暗記することにより、彼らは、イスラーム圏では、古典アラビア語で対話・交流することが可能となるのである。

古典における文学の位置

だが、ここで、ふと疑問が生まれよう。文学としての古典はどうなっているのか？　という疑問である。むろん、中国では科挙の試験科目に、詩文制作があり、必修の儒教経典である五経にも古代の詩を集成した『詩経』があり、文学としての詩文は尊ばれていた。サンスクリットの散文には韻律《いんりつ》があり、併せて詩も重視され、愛された。現代インドにおいても、コルカタだけで七〇〇くらいの詩会があると言われていたから、現地語による現代詩ながら、日本と比較にならないいくらい詩は愛されている。インドから中東にかけてのアラビア語文化圏では、ペルシャ語で記された詩が非常に愛された。フィクションながら、オスマン帝国時代を舞台にしたオルハン・パムク（一九五二〜）の小説『わたしの名は赤』[*4]によると、ラブレターにおける殺し文句はペルシャ語で書かれていたとか。おそらく実際もその通りだったのであろう。

ヨーロッパも同様であった。『聖書』においても「詩編」といった文学作品があることは周知の通りであるが、詩人・文芸批評家であるT・S・エリオットがヨーロッパの古典と讃えた、ヴェルギリウスの『アエネーイス』はホメロスを範にとった史書であるが、ラテン文学の傑作として代々読み継がれてきたし、雄弁の父キケロの諸作品についても、序章で紹介した高田康成著が丁寧に説いているように「キケロは今なおその伝統的基盤としての地位を失っていない」のであって、広義の文学・教養の素地として読み継がれてきたのであった。

とはいえ、韻文《いんぶん》・散文からなる、いわゆる文学作品は、古典においては、宗教・哲学・思想・倫理・道徳書に比べると、二番手三番手の古典だったことは、ここでしかと押さえておきたい。決して第一の古典とはなっていないのである。だが、例外の国があるのである。それがまた日本なのであった。

(2)　日本における古典の中の古典

四大古典

日本における古典の中の古典を挙げてみると、以下の四書になるだろう。

①『古今《こきん》和歌集』（以下、『古今集』と略記）
②『伊勢物語』
③『源氏物語』

④『和《わ》漢《かん》朗《ろう》詠《えい》集《しゅう》』

日本における古典の中の古典はいずれも文学書であり、しかも、いずれも和歌・漢詩句の集成および和歌を大量にもつ散文であった。これは、何度も強調してもよいけれども、**〈前近代文明社会〉**の中で日本だけがもつ特異な現象である。

それでは、なぜこの文学書である四つの書物が日本の古典の中の古典なのであろうか。これら四つの書物が古典となっていく過程は、日本における**「古典的公共圏」**の成立と絡めて、追って詳しく論じるが、ここでは端的な理由だけを述べておきたい。それは、最も多くの写本・版《はん》本《ぽん》が残り、四つの書物に関する注釈書が平安末期から江戸末期まで営々と作られ、パロディーや絵画資料を含めて大量の複製作品が生み出されてきたからである。

たとえば、『古今集』は、正岡《まさおか》子規《しき》（一八六七～一九〇二）が一八九八年に「歌よみに与ふる書」（新聞『日本』、二月一一日～三月四日）で徹底的に批判し、『万葉集』を持ち上げるまで、一貫して和歌の規範・基準・祖であり続けた。井《い》原《はら》西《さい》鶴《かく》の『好《こう》色《しょく》一《いち》代《だい》男《おとこ》』（一六八二）は、柳《りゅう》亭《てい》種《たね》彦《ひこ》の『修《にせ》紫《むらさき》田舎《いなか》源《げん》氏《じ》』（一八二九～一八四二、未完）と並ぶ『源氏物語』のパロディーであった。似たようなものに、『伊勢物語』のパロディーである『仁《に》勢《せ》物語』（一六四〇）がある。『和漢朗詠集』は、『源氏物語』や『平家物語』に引用される多くの漢詩句の典拠であったばかりではなく、江戸末期に至るまで実に多くの写本が生まれ、江戸時代にさまざまな形で版本となった。その数は、代表的なものだけでも五〇を超えるほどであった。実によく読まれた古典だったのである。

但し、『和漢朗詠集』は幼学書（子どもの頃に読んでおく書物）であり、享受のあり方が『古今集』・『伊勢物語』・『源氏物語』とは異にしていたことは付記しておきたい。

以上から、四つの書物は最も読まれ、かつ知っていないといけないとされた古典であったから、古典の中の古典となったのだと今は結論付けておきたい。

日本における宗教書・思想・倫理・道徳・史書のありよう

とはいえ、日本において、宗教・思想・倫理・道徳・歴史に関する書物はどうなっているのか、という疑問が当然のように生まれてくるだろう。これについては、このように考えたい。

第一に、宗教に関する書物は、聖徳太子《しょうとくたいし》（五七四～六二二）著『三経義疏《さんぎょうぎしょ》』・『十七条憲法』、空海《くうかい》（七七四～八三五）著『三教指帰《さんごうしいき》』・『秘蔵宝鑰《ひぞうほうやく》』、最澄《さいちょう》（七六七～八二二）著『顕戒《けんかい》

論《ろん》』・『山家学生式《さんげがくしょうしき》』、源信《げんしん》（九四二〜一〇一七）著『往生要集《おうじょうようしゅう》』、法然《ほうねん》（一一三三〜一二一二）著『選択本願念仏集《せんじゃくほんがんねんぶつしゅう》』、親鸞《しんらん》（一一七三〜一二六三）著『教行信証《きょうぎょうしんしょう》』、道元《どうげん》（一二〇〇〜一二五三）著『正法眼蔵《しょうぼうげんぞう》』、日蓮（一二二二〜一二八二）著『立正安国論《りっしょうあんこくろん》』など、仏教各宗派の祖師による膨大な著作群がある。それらはそれぞれの宗派においては聖教《しょうきょう》などとよばれて尊崇される古典ではあるが、ほぼ宗派に限定されるという特質があることに加えて、各宗派の拠って立つ教えの根本たる仏典はいずれも漢訳仏典であった（一部、中国や日本で作られた偽《ぎ》経《きょう》もあるが）。

また、日本独自の宗教と言える神道も、中世以降、教義等の書物が多く著されたが、ほぼ仏教の影響下にあった。ということで、『法華経』をはじめとして仏典・仏書は古典とはなったが、誰もが知っておかないといけない古典ではなかったのである。

第二に、思想・倫理・道徳に関する書物も前述した聖徳太子著『憲法十七条』をはじめとして、宗教書や近世で大きく花開いた儒学書や経典注釈書、さらに、貝原益軒《かいばらえきけん》（一六三〇〜一七一四）の著作、石田梅岩《いしだばいがん》（一六八五〜一七四四）の心学などの今でいう人生論・教訓書が多く現れるが、これまた、それらの根源にある儒教経典類は中国の古典である。これが日本においても古典となったのは言うまでもない。たとえば、近世における「四書」（『論語』・

『大学《だいがく》』・『中庸《ちゅうよう》』・『孟子《もうし》』）の普及は、『経典余師《けいてんよし》』という自学自習書を生み出したくらいであったが（第五章も参照されたい）、いずれも近世以降の現象であり、中世までは遡れない古典だったことをここでは指摘しておきたい。

だからと言って、そのような古典は価値がない、あるいは、価値が低いと言っているのではない。中世以降の知識人は、上記の四書をたしなみつつ和歌を詠み、連歌を巻き、その一方で仏教信者でもあるから『法華経』などを読誦《どくしょう》し、かつまた、博士家《はかせけ》（菅原家・日野家・中原家・清原家）などに生まれた人たちにとっては、儒学の古典や中国の正史を読むのは家業のうちであった。室町期の五山僧も「抄物《しょうもの》」という形で儒学の古典の注釈を行っていたし、博士家とは異なる多くの貴族・文人たちにおいても、儒学・中国史書は近いものとしてあったのである。

そのためか、中世の古典注釈（『古今集』注釈・『源氏物語』注釈）の中には、仏教（とりわけ真言・天台密教、あるいは、天台本覚論《てんだいほんがくろん》）と儒学（君臣秩序）の影響が顕著なものがある。そこから、日本においても、仏教や儒教の古典ないしは古典的な書物、あるいは、当時に有力だった学説（鎌倉後期に入ってきた宋学＝朱子学など）は、さまざまな文化・学問に常に影響を与え続けてきたことは確かである。しかし、四つの書物ほどの浸透力や長い歴史的射程、さらに、人物を一人前として見るかどうかの基準となっていなかったとここでは言っておきたい。

そして、第三に日本における史書の古典としてのありようである。これは、具体的には、『日本書紀』の享受のあり方となってくる。平安期の弘仁《こうにん》三年（八一二）・承和《じょうわ》一〇年（八四八）・元慶《がんぎょう》二年（八七八）・延喜《えんぎ》四年（九〇四）・承平《じょうへい》六年（九三六）・康保《こうほう》二年（九六五）の計六回、宮中行事として、紀伝道《きでんどう》の学者が数年かけて全三〇巻の講義（『日本紀講筵《こうえん》』）を行っている。その内容は、部分的ながら『日本紀私記』（『弘仁私記』・『承平私記』）や鎌倉期に編纂された『釈日本紀』の引用部分から分かっている。その一部は、六条藤家《ろくじょうとうけ》の歌学者顕昭《けんしょう》（生没年未詳）の『古今集』注釈にも利用されている。とはいえ、康保二年（九六五）を最後に、以後開催されていない。元慶以降、講筵が終わった後に催された竟宴《きょうえん》和歌は、鎌倉時代の巻子本《かんすぼん》『日本紀竟宴和歌』として残っている。これを見ると、『日本書紀』から題材をとって講筵に参加した廷臣が和歌を寄せている。

その後、『日本書紀』の講義は中世において復活した。詳しくは原克昭《はらかつあき》『中世日本紀論考 註釈の思想史』[*5]を参照願いたいが、ここでは、一つだけを押さえておくことにしたい。『日本書紀』註釈は鎌倉期〜江戸期まで博士家あたりを中心にして行われたが、中世の『日本書紀』享受には平安期とは全く異なる特質があった。それは何か？『日本書紀』の「神代紀《じんだいき》」しか講義しなかったのである。神代紀とは、神々の世界である。その後、神武《じんむ》天皇以降の人《にん》皇《のう》の時代に入るが、中世ではそこは一切カットされていた。要するに、冒頭部分だけが読まれ、研究され、講義されていたということである。むろん、そのようになったのは、中世神道の形成過程などとも密接に絡んでいるだろうが、結局、神話・神典として読むという態度が確立したということだろう。こうした享受はやはり古典の享受としては偏頗《へんぱ》性があることは否めないと言ってよいだろう。

(3)　古典的公共圏の成立前夜

俊成の古典意識と覇権戦略

さて、そろそろ、『古今集』・『伊勢物語』・『源氏物語』・『和漢朗詠集』という四つの書物がどのようにして古典となったのかという問題を考えねばならない。まずは古典なるものが

図1　御子左家略系図

※【　】内は撰者を務めた勅撰和歌集を示す。

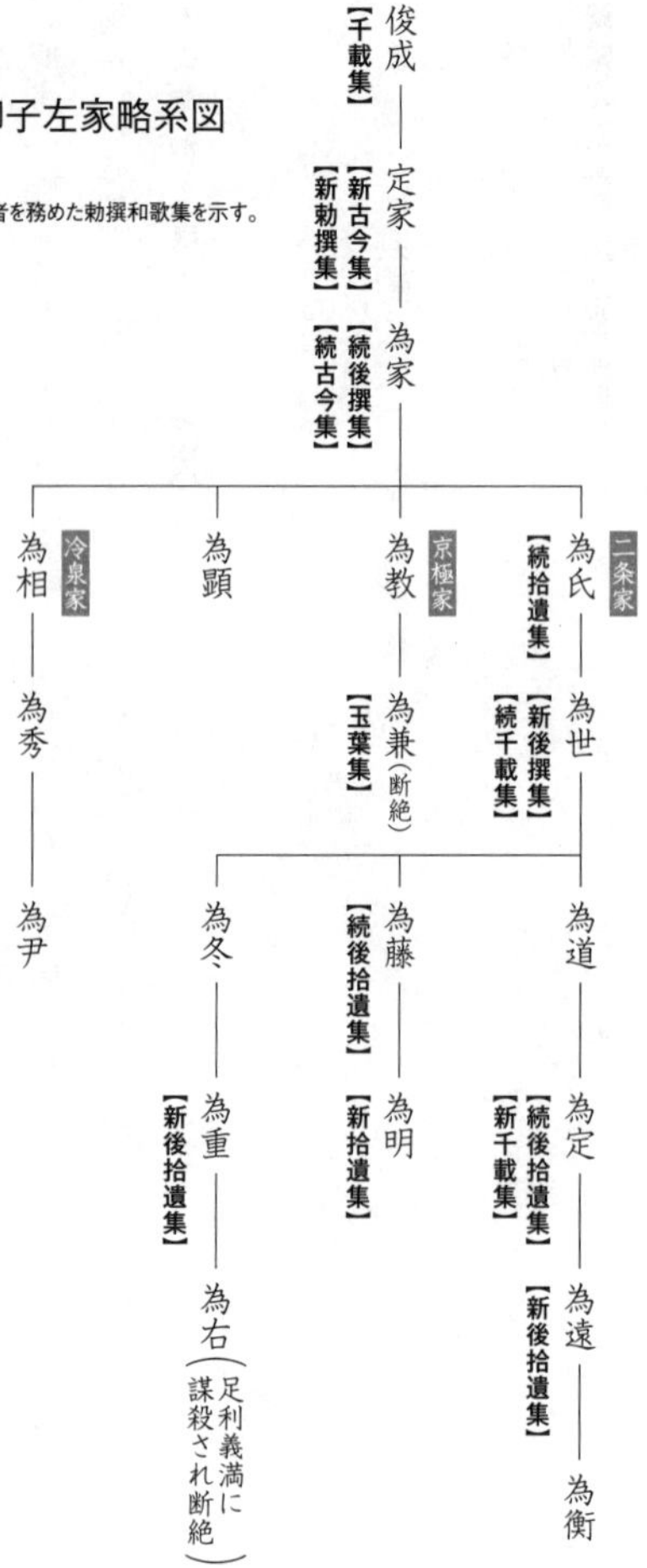

想定され始めた時代を設定しておこう。その時代とは、平安末期、鳥羽《とば》院政が終わり、その直後勃発《ぼっぱつ》した保元《ほうげん》の乱（一一五六）、その四年後に起こった平清盛（一一一八〜一一八一）と源《みなもとの》義朝《よしとも》（一一二三〜一一六〇）の決戦となった平治《へいじ》の乱（一一五九）、乱の勝利者となった平清盛が率いる平氏が勃興し、仁安《にんあん》二年（一一六七）に清盛が太政大臣《だじょうだいじん》（同年辞任しているが）となり、政権を担っていた時期に当たり、それでいて、まだ、以仁王《もちひとおう》（一一五〇〜一一八〇）の令旨《りょうじ》を受けて源頼朝《よりとも》（一一四七〜一一九九）・源義仲《よしなか》（一一五四〜一一八四）が挙兵する治承《じしょう》四年（一一八〇）以前の平和が維持されていた時代である。

　この時代から鎌倉初期にかけて活躍した藤原俊成《ふじわらのしゅんぜい》（一一一四〜一二〇四）という長寿の歌人がいた。平安末期における歌壇《かだん》の中心人物であり、『千載《せんざい》和歌集』（一一八八年四月成立）の撰者でもある。そして、息定家《ていか》（一一六二〜一二四一）、孫為家《ためいえ》と継承されて、和歌の家、宗匠としての御子左《みこひだり》家を確立した大立て者でもあった（図1）。

　俊成の逸話には著名なものが多いが、その中で古典と絡むものと言えば、和歌に関する二つのエピソードがある。これを題材として、俊成の古典意識を考えてみたい。

俊成の自讃歌をめぐって

俊成の自讃歌（自分の代表歌）に、

夕されば野べの秋風身にしみてうづらなくなりふか草の里

がある（歌の引用などはすべて日本文学Ｗｅｂ図書館に拠る）。歌の意味は、「夕方になると、野辺の秋風が身にしみて、鶉《うずら》がないているのが聞こえる、深草の里は」というくらいだろうが、「身にしみて」が鶉なのか、この歌を歌っている想像上の詠者なのか、はっきりとはしないけれども、両方にかかると見なしておいてそう問題はない。だが、ここでの問題は和歌の解釈ではなく、この歌を慈円《じえん》（一一五五～一二二五）の自歌合《じかあわせ》（自分の和歌を歌合のようにして、他人に判断してもらうこと。西行から始まった）である『慈鎮《じちん》和尚自歌合』で俊成が述べた判《はん》詞《し》である。

この右崇徳院御時百首の内に侍り、これ又ことなる事なく侍り、ただいせ物がたりにふか草の里の女のうづらとなりてといへる事をはじめてよみいで侍りしを、かの院にもよ

ろしき御気しき侍りしばかりにしるし申して侍りしを
（この右歌〈夕されば詠〉は、崇徳院の御時の百首〈『久安百首』〉の中にあります。これもまたたいしたことはありません。但し、『伊勢物語』に深草の里の女が鶉となってと言っていることをはじめて詠み出しましたのを、崇徳院もしごく満足されたご様子がありましたので記しておきましたが）

藤原俊成（1114～1204）

ここでポイントとなるのは、自分の「夕されば」詠が初めて『伊勢物語』を踏まえて詠んだ歌なのであるという俊成の発言である。こうした和歌の詠み方は、その後、「物語取り」「本説《ほんぜつ》取り」と呼ばれるようになるが、俊成の時代にはまだない。俊成は自身がその創始者だと言っているのである。それを聞いた崇徳院《すとくいん》も大変満足だったと言って、自己の行為を上皇の権威を借りながら肯定かつ自讃している。

だが、さらに言えば、ここでの最大の問題は『伊勢物語』ということにある。それまで、和歌の本説（＝根拠）としての『伊勢物語』はなかったと俊成は言っているが、なぜないのだろうか？　俊成は何も言っていないが、『伊勢物語』が仰ぐべき古典ではなかったからだろう。自分が『伊勢物語』を仰ぐべき古典としてはじめて本説に用いたのだと俊成は言いたかったのではなかろうか。こうした意識を、俊成の古典意識の表れとみておきたいのである。

さて、『千載和歌集』（実質奏覧一一八八年）や『古来風体抄《こらいふうていしょう》』（初撰本一一九七、再撰本一二〇一）から、導かれる俊成の和歌観念とは、和歌を「道統《どうとう》」（藤平春男《ふじひらはるお》『新古今歌風の形成[*6]』）の中に置いたということである。つまり、和歌をその場や題に沿って詠むだけではなく、和歌を歴史や伝統の中に置いて、前代の和歌や本説を踏まえつつ、詠んでいく、そして、それを後代に繋いでいくというように捉え直したのである。これがそのまま俊成の古典意識となったことは言うまでもない。俊成は、ある意味で古典なるものを和歌詠作に導入して、和歌を歴史上の存在として権威づけたのである。

それでは、なぜこんなことを俊成はしたのだろうか？　和歌の地位を飛躍的に上げること、それもあるだろうが、それと同時に、否、それ以上に俊成が狙っていたのは、自らが拠って立つ御子左家を和歌の家の宗匠として確立することだったのではあるまいか。当時、俊成にとって最大のライバルは、藤原顕季《ふじわらのあきすえ》（一〇五五〜一一二三）を家祖と仰ぎ、その子は『詞花集《しかしゅう》』の撰者となった顕輔《あきすけ》（一〇九〇〜一一五五）、そして孫は『袋草紙《ふくろぞうし》』・『和歌初学抄《わかしょがくしょう》』・『奥義抄《おうぎしょう》』の著者清輔《きよすけ》（一一〇四〜一一七七）、『古今集註』『顕昭陳状《けんしょうちんじょう》』の著者顕昭（顕輔の養子）と繋がっていく六条藤家《ろくじょうとうけ》であった（図2）。

俊成は、古典意識、あるいは、古典の発見・創造という認識とそれに基づく詠歌によって、最終的に和歌の家の覇権を確立した。なかなかしたたかな戦略だったが、ここから古典なるものが立ち上がってくることは押さえておきたい。ここでは古典としての『伊勢物語』が成立するのである。

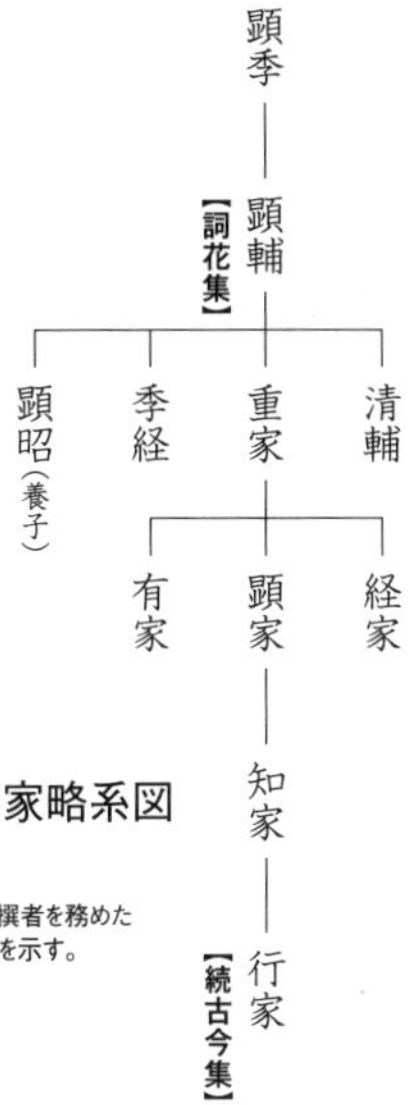

図2
六条藤家略系図

※【　】内は撰者を務めた勅撰和歌集を示す。

源氏見ざる歌よみは

そこで、もう一つのエピソードを挙げておきたい。今度の場は、九条良経《くじょうよしつね》（一一六九～一二〇六）が主催した『六百番歌合』（一一九四年頃完成、判者俊成）である。一三番は「枯野」題で、良経と藤原隆信《ふじわらのたかのぶ》とがつがわれた。「判云」以下が俊成の判詞である。まずが原文を掲げる。

一三番　枯野　左勝　女房（九条良経）
五〇五　見しあきをなにのこさむくさのはらひとへにかはる野辺の気色に
右　隆信
五〇六　しもがれの野べのあはれを見ぬ人や秋の色にはこころとめけむ
右方申云、くさのはらききよからず、左方申云、右歌ふるめかし
判云、左、なにのこさんくさのはらといへる、えんにこそ侍るめれ、右方人草の原難申之条、尤うたたある事にや、紫式部歌よみの程よりも物かく筆は殊勝なり、そのうへ花宴の巻はことにえんなる物なり、源氏見ざる歌よみは遺恨の事なり、右、心詞あしくは見えざるにや、但、常の体なるべし、左歌宜し、勝と申すべし

良経の五〇五番歌の歌意は、「私が見た秋をいったい何に残そうか、草の原よ、冬になっ

て一斉に変わる野辺の気色を眼前に見て」くらいだろう。対する隆信の五〇六番歌の歌意は、「霜枯れになった野辺の寂しさを見ない人は秋の色に心をとめていたのだろうか」というものだろう。ともに「枯野」という寂しい風景を否定的に見て、紅葉の秋の野辺を想起するといった内容である。

さて、良経詠に、右方から「くさのはらききよからず」（「草の原、あまり聞いたことがない」）という批判がよせられている。それを受けて、俊成の判詞では、「左歌は、『なにのこさんくさのはら』と言っているのが華やかに思えます。右方が草の原を非難しているのは大問題でしょう。紫《むらさき》式部《しきぶ》は歌人よりも散文を書く方が素晴らしい。加えて、『源氏物語』の『花宴《はなのえん》』巻はとりわけ華やかな世界です。それにしても、『源氏物語』を読まない歌人はだめだ（以下略）」とあって、右方の面々（家房《いえふさ》・経家《つねいえ》・隆信・家隆《いえたか》・慈円《じえん》〈＝信定〉・寂蓮《じゃくれん》）に向かって、『源氏物語』を読まない歌人などだめだと強く批判したのである。

おそらく右方の歌人連にとっては、判詞を読んだ後でも、何を言われているか（なお、判詞は歌合が終わった後、本文が俊成に届けられているので、歌合当座では、俊成の判詞は知らない）分からなかったのではないかと思われる。たしかに「草の原」という歌詞《うたことば》は、勅撰集では『新古今集』、私家集でも後徳大寺《ごとくだいじ》実定《さねさだ》（一一三九〜一一九一）の『林下集《りんげしゅう》』に初めて現れるものであり、右方が言った「ききよからず」が通常の反応と思われるからである。

　だが、俊成はここで、「なにのこさんくさのはら」が「艶（＝華やか）」だと言って突如『源氏物語』を持ち出して徹底的な批判に及ぶのである。俊成がそこで想起したのは、『源氏物語』「花宴」にある

　うき身世にやがて消えなば尋ねても草の原をば問はじとや思ふ　　女（朧月夜）

であろう。そこには良経が詠んだ「草の原」がたしかにある。

『源氏物語』の場面状況は長くなるので、省略するが、和歌の歌意は、「辛い身のあたしはこの世からそのまま消えてしまったら、あなたは、あたしをたとえ訪ねたとしても、草の原までは探しはしないと思っているのではないですか」というものである。恋歌《こいうた》によくある相手の薄情さをなじる、意地悪な歌ということになる。

　俊成はこの歌が良経詠の本歌だと言っている。だから、それに気づかない右方の面々に向かって、『源氏物語』を読まない歌人はだめなのだと批判するのである。だが、この歌は本

当に良経詠の本歌なのだろうか。共通するのは「草の原」くらいしかない。そこで、さらに探ってみると、岩波書店の『新日本古典文学大系　六百番歌合』[*7]の頭注には、『狭衣《さごろも》物語』巻二にこのような歌があると指摘されている。

尋ぬべき草の原さへ霜枯れて誰に問はまし道芝の露

（狭衣）

狭衣の和歌には、「草の原」の他、「尋ぬ」・「問は」が『源氏物語』の「うき身世に」詠と共通するので、「尋ぬべき」詠が「うき身世に」詠を本歌にしていたことは間違いない。しかも、「霜枯れ」とあるのが決定的である。というのも、これが良経詠の題「枯野」とそのまま繋がるからである。

とすれば、良経詠の本歌は、『源氏物語』の「うき身世に」詠ではなく、『狭衣物語』の「尋ぬべき」詠ではないだろうか。だが、俊成が『狭衣物語』の「尋ぬべき」詠を知っていたかどうかは今では検証はできない。ここからは推断となるが、『慈鎮和尚自歌合』において、俊成が崇徳院に、『伊勢物語』をはじめて踏まえたと言っていたことと同様に、実は当時の一流歌人たちがさして知らない『源氏物語』を言挙げすることによって、『源氏物語』を顕彰することがここでの俊成の発言の狙いだったのではないだろうか。

以上、たった二つの事例からだが、俊成が意図的に『伊勢物語』をとり、意図的に『源氏物語』を典拠としていると主張して、両著を顕彰していることがほぼ明らかになったと思う。その狙いは、歴史（＝道統）の中において、古典と和歌を結びつけることにあった。このとき、はじめて、日本において古典意識なるものが生まれたのである。そうしたことは御子左家が歌壇の覇権を握るための高等戦略でもあったのである（結果は俊成の勝利に終わった）。

加えて、俊成の古典意識の強調は、ちょうど古典注釈が生まれた時期とほぼ同じであった。なお、こうした古典注釈および古典の本文校訂、そして、**「古典的公共圏」**の成立については次章以降で改めて検討する。もし俊成がいなかったとしたら、または、もし俊成がこのような主張をしていなかったとしたら、というのは歴史的ｉｆだから問い質《ただ》しても意味はないかもしれないが、日本における古典と和歌のありようは大いに変わっていたことだけは確実であろう。

＊1　川田順造『無文字社会の歴史』（岩波現代文庫、二〇〇一年）

＊2　クロード・レヴィ＝ストロース著、大橋保夫訳『野生の思考』（みすず書房、一九七六年、原著一九六二年）

＊3　ソースタイン・ヴェブレン著、村井章子訳『有閑階級の理論』（ちくま学芸文庫、二〇一六年、原著一八九九年）

＊4　オルハン・パムク著、宮下遼訳『わたしの名は赤』上下（ハヤカワepi文庫、二〇一二年、原著一九九八年）

＊5　原克昭『中世日本紀論考　註釈の思想史』（法藏館、二〇一二年）

＊6　藤平春男『新古今歌風の形成』（明治書院、一九六九年〈『藤平春男著作集　第1巻』、笠間書院、一九九七年に再収〉）

＊7　久保田淳・山口明穂校注『新日本古典文学大系　六百番歌合』（岩波書店、一九九八年）

第二章

古典的公共圏への先駆

――古典と注釈

(1)　古典と注釈

古典とは何か

私たちは、古典とは何か？　と問われたら、どう答えるだろうか。第一章に挙げられているような古典と認定されている代表的な書物を挙げて、これらが古典だと答える人もいるだろうし、また、今日まで読み継がれている、言い換えれば、歴史の風雪を耐えて読み継がれた、著名な文学作品、たとえば、ダンテの『神曲』、シェイクスピアの『ハムレット』に代表される戯曲群、ゲーテの『若きウェルテルの悩み』をはじめとする作品群、ドストエフスキーの『罪と罰』やトルストイの『戦争と平和』といった小説群を挙げる人もいるだろう。とりわけ後者の古典観は、近代以降に形成された、近代文学観に基づくものと言ってよく、以後長く支配的な古典観として定着した。イタロ・カルヴィーノ『なぜ古典を読むのか』[*1]はそうした古典観で記された名著である。

こうした古典観に近いものとして、社会科学の「古典」としてアダム・スミス（一七二三

～一七九〇）の『国富論《こくふろん》』（一七七六）、カール・マルクス（一八一八～一八八三）の『資本論』（一巻一八六七）などがある。これは序章で挙げたニュートンの『プリンキピア』も同様である。つまり、文学なり、思想なり、学問なりの祖や基準というべき書物を権威づけて「古典」と呼んでいるのである。むろん、間違ってはいない。だが、本来の古典概念とはややずれていると言っておきたいのである。

言い換えれば、一般社会通念としての「古典」とは、歴史という長い時間の中で、他者の視線に耐え抜いた書物を指すことが支配的なのである。そのことは十分に了解しつつ、ここでは、本来の古典には明確な基準があったことを述べておかねばならない。その基準とは何か？　それは、**〈前近代文明社会〉**においては、注釈や注釈書をもつ権威を有する書物が古典であったという明確な事実である。その点は、文明社会間の差異を超えて一切のぶれがない。第一章で挙げた書物群の中で注釈をもっていないものなど皆無なのである。

たとえば、中国には、儒学経典（＝十三経）の注釈（＝注）と注釈の注釈（＝疏《そ》）を集成した『十三経注疏《じゅうさんぎょうちゅうそ》』なる大部な書物があるが、そこには、『論語』であれ、『礼記《らいき》』であれ、歴代の代表的な注や疏が割注《わりちゅう》としてぎっしりと記述されている。同書は科挙用の受験参考書としても重宝されていた。インドの『リグ・ヴェーダ』には、一四世紀後半、南インドにあったヴィジャナガル王国の学者サーヤナの代表的な注釈『リグ・ヴェーダ註』があり、『リグ・ヴェーダ』はそれで読むのが通常の読み方であった。

次いで、イスラーム世界に目をやると、『クルアーン』には、これまた、九世紀には、イランの学者タバリー（八三八～九二三）が著した『タフシール・アル・クルアーン（コーラン諸説集成）』なる浩瀚《こうかん》な注釈書が編まれていたのである。

むろん、『聖書』も例外ではない。ギリシア教父時代（ローマのクレメンス～ダマスカスの聖ヨハンネス）から近代のカール・バルト（一八八六～一九六八）の大作『ローマ書講解』（一九四二）に至るまで、汗牛充棟《かんぎゅうじゅうとう》をなす注釈書であふれかえっていたのだ。宗教改革時代のカルヴァン（一五〇九～一五六四）の『新約聖書』注釈は、プロテスタントに対する表層的な見方をぶっ飛ばすくらい知的な魅力にあふれている。

言うまでもなく、古典の注釈書は、古典が成立した後に生まれてくる。サーヤナの『リグ・ヴェーダ註』などは、紀元前一二世紀頃に編纂された『リグ・ヴェーダ』の注釈であるから、おそらくそれまでのヴェーダに関する注釈の膨大な蓄積があったのだろうが、成立年だけを見ると、二六〇〇年後ということになる。これは極端な例になるだろうが、ここではこのように理解しておきたい。即ち、古典候補の書物に対する注釈・注釈書をもってはじめてその書物は権威を身につけ、正しく古典となるということである。

それを逆に言えば、注釈のない書物は、いくら人々がもてはやそうが、代々に亘って読み継がれようが、近代学問の祖となっていようが、古典たりえないのである。

とはいえ、マルクスの『資本論』など、これまで多くのマルクス経済学者がほぼ原典の訓《くん》詁《こ》注釈といってよい「研究書」を陸続と出してきたので（マルクス経済学の衰退とともにここ最近はなくなったが）、そろそろ近代の「古典」に加えてもよいかもしれない。

『万葉集』・『平家物語』・『今昔物語集』は古典か？

たとえば、現代では日本古典文学の代表の一つとされている『万葉集』や『平家物語』はその意味において古典なのであろうか。また、私が若い時分に研究していた『今昔《こんじやく》物語集』は古典と言えるのであろうか。

まず、『万葉集』から述べておきたい。『万葉集』は、平安末期の歌人源《みなもとの》俊頼《としより》（一〇五五〜一一二九）他歌人・歌学者に最初に注目された。[*2] 俊頼が興味をもったのは、最も古い大和言葉をもつのが『万葉集』であったからだ。その後、藤原俊成が『古来風体抄』で和歌の歴史において『万葉集』と『古今集』〜『千載集』の七つの勅撰集の中で最初に取り上げ、とりわけ、柿本人麿《かきのもとのひとまろ》を「歌の聖」と捉えて、いつの時代においても最良の歌人であると評価した。巻末の歌例集でも『万葉集』を冒頭に置いている。和歌伝統を尊ぶ俊成はやはり『万葉集』を見逃さなかったのである。

その後、鎌倉期の関東で仙覚《せんがく》（一二〇三〜?）が将軍藤原頼経《ふじわらのよりつね》（一二一八〜一二五六）の命を受けて、『万葉集』の校本《こうほん》を作成し校訂を加えた後、宗尊《むねたか》親王に献上した。また、一二六九年に注釈書『万葉集註釈』（＝『仙覚抄』）を清書しているので、仙覚は校本も注釈も作ったことになる。そこから『万葉集』は古典の条件を満たしていたとは言いうる。[*3] しかし、だからといって、『万葉集』が『古今集』を超えて和歌の規範になったことはその後一度もなかったのである。それだけ規範としての『古今集』の存在が重かったということであり、和歌の聖典と言えば、それは『古今集』なのであった。中世の本歌取りの多くは『古今集』の和歌を本歌として取っていたのである。

こうしてみると、『万葉集』を古典にしたのは、水戸光圀《みとみつくに》（一六二八〜一七〇一）の要請でまとめた、契沖《けいちゅう》（一六四〇〜一七〇一）の『万葉代匠記《まんようだいしょうき》』（一六九〇）からとなるであろう。その後、賀茂真淵《かものまぶち》（一六九七〜一七六九）を経て、明治の正岡子規に至り、日本第一の古典となったのである。[*4] 中世〜近世においては、なんと言っても『古今集』が第一の古典であったのだ。
次に、『平家物語』に注釈書が現れるのは、江戸時代ながら編者・成立年未詳の『平家物語集解』が最初あたりだろうと思われるが、同書はさして読まれていないので、例外として扱ってよい。というのも、『平家物語』は、主として琵琶《びわ》法師による平家語り（＝平曲《へいきょく》）、言い換えれば、平曲を視聴する芸能として享受されてきたからである。注釈書をもつとはいえ、古典とは言いかねる作品だったのだ。『平家物語』が古典になったのは、叙事詩として認定された近代においてであったろう。[*5]
最後に、日本最大の説話集である『今昔物語集』に至っては、近世において、井沢長秀《いざわながひで》（一六六八〜一七三一）によるいい加減な版本《はんぽん》（『考訂今昔物語』、享保《きょうほう》五年〈一七二〇〉刊）が出るまで、注釈書はおろか、『今昔物語集』の共通祖本と呼ばれる鈴鹿本『今昔物語集』（京都大学蔵、国宝）の欄外に感想めいた短文を記した興福寺《こうふくじ》の稚児《ちご》双六丸《そうろくまる》以外、読者らしい読者もほぼ見出せない作品なので、古典の資格要件をことごとく欠いている書物である。
言ってみれば、『今昔物語集』は、近代になってはじめて現れた国文学者という研究者たちが半ば強引に「古典」に昇華させた作品であったのだ。そのせいか、説話研究者は、「説話学会」ではなく「説話文学会」という「文学」をもった学会を作った。その根底に和歌・

物語という古典を対象とする学会に対する劣等感があったと見るのは私だけであろうか。

但し、近世初期の俳諧・和漢俳諧などには『平家物語』に素材を得た句（たとえば、一六五一年九月一三日の後水尾《ごみのお》院主催の和漢俳諧において、岩倉具起《いわくらともおき》の発句《ほっく》「名ヲアゲヨ月ノ景時二度ノカケ」は、『平家物語』「二度之懸《かけ》」における梶原景時《かじわらかげとき》を踏まえているなど。『隔蓂記《かくめいき》』に拠る）は用いられていた。とはいえ、滑稽《こっけい》・俗であり風雅でない「俳諧」性故とも考えられる。

岩波書店が満を持して刊行した新日本古典文学大系（全百巻＋別巻五・総索引、一九八九〜二〇〇五）のうち、注釈書をもつ権威的書物という意味で古典と言える作品は、定番の『古今集』・『伊勢物語』・『源氏物語』（『和漢朗詠集』は前の大系にはあったが新大系には収められていない）以外では、『万葉集』、『新古今集』、近世に入って、遅れてきた古典となった『徒然《つれづれ》草《ぐさ》』、『枕草子《まくらのそうし》』、『方丈記《ほうじょうき》』、『土佐《とさ》日記』、『蜻蛉《かげろう》日記』、『紫式部日記』、『更級《さらしな》日記』くらいになるのではなかろうか。さらに、近世の作品では、『芭蕉七部集《ばしょうしちぶしゅう》』が江戸期においても複数の注釈書が見られることから、ぎりぎり古典の資格を有するかと思われる。

それら以外の古代〜近世までの錚々《そうそう》たる書物群は、日本文学史・日本思想史・日本史にとっては重要であり、研究対象たりえる書物であるかもしれないが、少なくとも古典ではないのである。むろん、だからといって、価値がないと言っているのではない。古典の条件に合わないと言っているだけのことである。

(2) 古典注釈の始まり①――『古今集』

紀貫之・『古今集』・「仮名序」

ここで、本題に入る前に『古今集』の撰者紀貫之《きのつらゆき》（?〜九四五）について、『古今集』撰述を中心に述べておきたい。

まず、紀貫之と言えば、普通は『古今集』よりも、九三〇〜九三四年に務めた土佐守を離任して、土佐から京都に戻る船路を日記風に綴った『土佐日記』の作者と言った方が著名ではなかろうか。なぜなら『土佐日記』は必ず教科書にも載っており、とりわけ冒頭の「男もすなる日記といふものを、女もしてみむ、とて、するなり」（岩波新大系に拠る）が、「すなる」と「するなり」という違いから助動詞の判別をさせる好例として、ほぼ取り上げられるからである（ちなみに、「すなる」の「なる」は伝聞推定の助動詞の連体形、ここでは「という」

くらいの意味、「するなり」の「なり」は断定の助動詞の終止形。ここでは「である」「だ」くらいの意味である）。

私たちは、そこから、紀貫之とは土佐守だったのだくらいの基本的知識をもつことができるし、高校の古文の授業では、男性なのに、仮名日記という女性の立場で書いていることから、仮名日記の祖ということも含めて、仮名とは女性が使う文字だったということもついでに学ぶことになるだろう。

だが、七八～七九歳くらいで死んだらしい貫之とは、最高官位（極官《きょっかん》）は従五位上《じゅごいじょう》木工《もく》権頭《ごんのかみ》という典型的なしがない中級官人であり、貴族社会の末端にいた人物であった。むろん、時代も歌人の地位も異なるものの、正二位権中納言《しょうにいごんちゅうなごん》に上った藤原定家とは同じ歌人であっても、全く異なる立ち位置にいたことを改めて認識していただきたい。貫之を含めて一〇世紀初頭の歌人とはせいぜいこの程度の身分だったのである。

とはいえ、若い頃から歌人として鳴らしていた貫之は、九〇五年に紀友則《きのとものり》・凡河内躬恒《おおこうちのみつね》・壬生忠岑《みぶのただみね》とともに『古今集』を醍醐《だいご》天皇に撰進し、とりわけ「仮名序」をものしたことによって、長きに亘る名誉を得るに至った。たとえば、勅撰集入集数も『新後撰集』以外の二〇代集で約四五〇首とされているから、平安～室町期まで仰ぐべき歌人として君臨し続けたのである。

それでは、「仮名序」の何がすごいのか。高校の文学史あたりでは、日本最初の文学評論などと捉えられてきたが、そんな程度のものではない。「仮名序」の冒頭を引いておこう。

やまとうたは人のこころをたねとしてよろづのことのはとぞなれりける。世中にある人ことわざしげきものなれば、心におもふことを見るものきくものにつけていひいだせるなり、花になくうぐひす水にすむかはづのこゑをきけば、いきとしいけるものいづれかうたをよまざりける。ちからをもいれずしてあめつちをうごかし、めに見えぬおに神をもあはれとおもはせ、をとこをむなのなかをもやはらげ、たけきもののふの心をもなぐさむるはうたなり。

（「日本文学ｗｅｂ図書館」に拠り、句点を施した。以下同）

（和歌《やまとうた》は、人の心をもととして、あらゆる言葉となったものである。世の中にいる人は、いろいろと忙しいものなので、心に思うことを、見るもの聞くものに託して言い出したのだ。花に鳴く鶯《うぐいす》、水に住む蛙の声を聞くと、あらゆる生きているものは、歌を詠まないものは存在しない。力を入れないで天地を動かし、目に見えない鬼神《おにがみ》をも哀れと感動させ、男女の仲も和ら

げてうまくいかせ、獰猛《どうもう》な武士の心もなだめてしまうのが歌なのだ）

これは、和歌原論と言うべきものである。述べてあることとは、①和歌とは人間の心の言語化であること。②人は聞くもの見るものに託して和歌という形で心を言語化すること。③あらゆる生物は皆歌を詠むこと、言い換えれば、和歌とは普遍的な存在であること。④和歌は、力を入れずに天地を動かし、畏怖すべき鬼神まで感動させる超自然的力を、人間に用いれば、恋を成就させ、獰猛な人間まで静かにさせてしまう不可思議な力をもっていること、以上である。和歌とは、「心」原理主義にして普遍的かつ超越的なものとして捉えられたのである。

そこから、日本における和歌は、心第一主義となった。和歌には、その要素として、心（言いたいこと）・詞《ことば》（表現）・姿（全体のバランス）が後代重視されたが、その中でなんと言っても一等大事なものは心であった。これを規定したのが貫之だったのである。

上記の冒頭文は、『詩経』大序の「詩者志之所之也」（詩は志の之《ゆ》く所なり）の影響を受けているが、漢詩の「志」と和歌の「心」とは意味合いがかなり違うことも押さえておきたい。志とは男性的かつ政治的なニュアンスのある言葉であるが、心は、男女の違いがなく、かつまた非政治的なニュアンスのある言葉であった。和歌では政治的なことは詠まないのも、

「仮名序」の精神に拠っていたと言える。

加えて、ここで「やまとうた」とわざわざ言っていることに改めて注目されたい。日本には和漢という二つの古典があると前述したが、やまとうた＝和、からうた＝漢という構図も実は貫之が作ったものである。おそらく和歌という言葉もそうだったのではないか。

「仮名序」の後段で、

　　そもそもうたのさまむつなり、からのうたにもかくぞあるべき。
　（そもそも歌の体や読みぶりは六つである。漢詩にそのようにあるはずである）

とある。これは漢詩の六義《りくぎ》論の影響で書かれているが、貫之の狙いは、和歌の読みぶりには六体があるが、これは漢詩も同様だろうと言っていることから分かるように、六義が抽象化されて、日本と中国で六義が形を変えて分有していることを主張することにある。つまり、和歌・日本と漢詩・中国の対等性を主張しているのである。

これを書いたのが貫之というぱっとしない中級官人だったのである。貫之が「仮名序」を書いた時、これが聖典扱いされようとは思っていなかったに違いない。

最後に、『古今集』が成立したことの意味に触れておきたい。それは、漢文文化圏からの文化的な独立である。これを「古典日本」の誕生と見てよいだろう。古典日本が後述する「古典的公共圏」に整備発展して、近代に至るまで続いていくのである。それまで『古今集』は和歌の聖典であり続けたのである。

『古今集』の「古注」

注釈をもつ権威的書物を以て古典たる条件と紀貫之の役割を押さえたところで、日本においては、いつ頃から古典注釈が始まったのかをこれから考えてみたい。さしあたり、四大古典と言うべき『古今集』・『伊勢物語』・『源氏物語』・『和漢朗詠集』の注釈のはじまりを述べておきたい。

最初は『古今集』である。『古今集』は「仮名序」「真名序」という二つの「序」と和歌本文との二部構成になっているが、中世の『古今集』注釈では、序注と歌注とはほぼ同等の扱いを受けていた。その中で、貫之作の「仮名序」には「古注」と呼ばれる割注が付され、「真名序」にも藤原公任《ふじわらのきんとう》（九六六～一〇四一）の注があることが分かっていた。

「仮名序」「古注」の作者については、西村加代子《にしむらかよこ》「古今集仮名序『古注』の成立」[*6]によれば、藤原公任が「真名序」注を作成した後、女性たちのために分かりやすく記したと説いているが、その説でよいと思われる。

西村は、一一世紀前半に和歌の知識を求めている人たちが増えている現象が「古注」や「真名序」注を生み出したと述べているものの、まだこの段階では、『古今集』全体（序と和歌）に及ぶ注釈は現れていない。せいぜい長元《ちょうげん》八年（一〇三五）に頼通《よりみち》家和歌所ではじめて『古今集』の校合《きょうごう》（＝本文校訂）が行われたくらいである。

とはいえ、「古注」がどのようなものかを「仮名序」前述引用箇所に続く一文だけを挙げておきたい。

このうたあめつちのひらけはじまりける時よりいできにけり
（あまのうきはしのしたにてめ神を神となりたまへる事をいへるうたなり）

和歌が天地開闢《かいびゃく》の時から始まったとする「仮名序」に対して、（　）＝割注内の「古注」は、それが天《あま》の浮橋《うきはし》の下で女神《めがみ》（伊弉冉《いざなみ》）・男神《おがみ》（伊弉諾《いざなぎ》）が結ばれたことを言っていると注釈している。つまり、「古注」は、天地開闢を伊弉諾・伊弉冉が出会い、ともにいい相手と言い合って性的に結ばれて日本を生むに至る時点だと考えていることになる。この時点が妥当なのかをめぐって、中世の『古今集』注釈ではさまざまな議論が展開されてくるが、それはともかく、「古注」という注釈のありようはここからも窺えるだろう。読者が天地開闢の時点を知らないということを予想して、それに対して注釈＝説明するというものなのだ。他もだいたいそのようであって、西村が女性向けと言ったように、極めて初歩的かつ啓蒙的なのである。平安中期における和歌・漢詩・管弦《かんげん》の大家（＝和歌・漢詩・管弦のどの舟にも乗ることができたので「三舟《さんしゅう》」の才と呼ばれた）であった公任にとって、真名序・仮名序の注を施すことはそれなりにふさわしい仕事だったとも言えようか。

古今注の始まり

それでは、『古今集』の本格的な注釈はいつ頃生まれたのか。これが後述する『伊勢物語』ほどではないが、『源氏物語』・『和漢朗詠集』と同様に存外遅いのである。

まず、真名序注では、藤原親重《ふじわらのちかしげ》（勝命《しょうみょう》）の『古今序註（＝真名序注）』（仁安二年〈一一六七〉か）、仮名序注では、仁安三年以前とされる江家本《ごうけぼん》を親重が書写した『古今序註』が一等古い（ともに岩波新日本古典文学大系『古今和歌集』に翻刻がある）。とはいえ、一一六七年前後といえば、二条院《にじょう》（一一四三～一一六五）が死去し、後白河院《ごしらかわ》（一一二七～一一九二）が院政を再開し、一一六七年には平清盛は太政大臣となり（同年辞任）、平家が全盛時代を迎えた時期に当たる。近年の歴史区分では白河院政開始（一〇八六）以降は中世としているようだが、ほとんど中世といってよい「新たな武家政権」[*7]が生まれた時期に、『古今集』の注釈が始まったことを改めて銘記しておきたい。

教長と顕昭の注釈論争

次に、序注を含んだ歌注がある全注釈の方はどうであろうか。藤原教長《ふじわらののりなが》（一一〇九～？一一八〇頃まで生存か）著『古今集註』（一一七七）、顕昭著『古今集註』（一一八三～一一九一）となる。序注よりも一〇年後になっている。さらに、この二つの古今注は、いずれも仁和寺《にんなじ》御室《おむろ》である守覚法親王《しゅかくほっしんのう》（一一五〇～一二〇二）の依頼に応えたものであった。後白河院の息である守覚は、寺家の中で最高の寺格を有した仁和寺の長である御室であった。だが、他方、仁和寺歌壇を主催した和歌を愛する高僧でもあった。その守覚がまず藤原教長に『古今集』講義を要請し、それを文字化したのが『古今集註』となる。注釈のありようは、この時代における現代語訳といったものである。一例を出してみよう。一五番の在原棟梁《ありわらのむねやな》詠である。

寛平御時きさいのみやの哥《うた》合《あわせの》哥《うた》　在原棟梁

春たてど花にほはぬ山里はものうかるねに鶯《うぐいす》のなく

春たちぬれば、はなのさくべきを、にほはぬやまざとはすさまじくて、うぐひすものうげにか（なカ）くとよめるは述懐《しゅっかい》によせたるなるべし

（日本古典全集に拠る。カタカナを平仮名に改め、漢字・濁点・句点を施した）

教長は、春が立ったので、花がさくべきなのに、花も匂わない山里はさびしくて、鶯もなんとなくつまらなそうに鳴くと詠んでいるのは述懐に連想させたのであろうと解釈している。最後に出てくる「述懐」とは和歌の題の一つであり、自分の人生を振り返って不遇を嘆くというテーマで和歌を詠むことをいう。ここでは、鶯が乗らない気分で鳴いているのを述懐に喩えたと言っているのである。ここだけは、やや飛躍があるが、それ以外は、おおむね和歌の読解（＝当時の現代語訳）に終始している。

さて、この注釈を見て、いきり立ったのが、守覚ともともと縁が深かった六条藤家の顕昭であった。顕昭はわざわざ願い出て、新たに守覚に対して『古今集』講義を行い、『古今集

註』としてまとめた。そこには、教長に対する批判がこめられていた。一五番歌の顕昭注を見ておこう。

> 春は花のさくべきに、さかぬ山家には鶯もものうげになくらむと、人のこゝろにて鳥のこゝろを、おしはかりて読なり。教長卿云《いう》、これは述懐によせたるなるべしと云々《うんぬん》。顕昭云、かならずしも不レ可レ然歟《しかるべからざるか》。但、作者のこゝろをそらにはかりがたし。春下云、なきとむるはなしなければうぐひすもはてはものうくなりぬべらなり　同意歟。
>
> （日本歌学大系に拠る。カタカナを平仮名に改めた）

和歌の解釈は教長と顕昭の間にさして違いはない。鶯の心を人の心で推し量って詠んだということだけが異なる。問題は、教長がここに述懐を連想させていると解釈したことに対する批判である。顕昭は必ずしもそうとは言えないのではないか。作者（棟梁）の心は分からないからだ。そして、鶯の心を人の心で推し量って詠んだ例として、『古今集』春下の「なきとむる」詠を挙げている。

顕昭の注釈には、時折恐ろしいばかりの用例を出してきて、これでもかとしつこく迫って説得するものがあるが、それらに比べると、この注は、教長の述懐説批判だけでおとなしい。それでも、対教長への意識は相当なものであった。それは、顕昭が六条藤家という和歌の家の名誉を担っているからに他ならない。顕昭は俊成とは異なる方法で和歌の家を支えていたのだ。

ここで本題に戻る。『古今集』の全注釈は、守覚という和歌好きの高僧のいわば個人的な要請から生まれたということである。言い換えれば、勅撰集のように、院・天皇が撰述《せんじゅつ》しようといった国家的意志などそこにはなにもなく、後白河院の息とはいえ、全くの個人の事情で始まったということである。そこには、『古今集』を正しく知りたい、解釈したいという守覚の願望があったことは言うまでもない。それ以前には、せいぜい『古今集』本文の校合くらいしかなされていないのであるから、ここに、『古今集』を古典として捉えようという意識のようなものが、俊成ほど自覚的ではないにせよ、守覚にもおぼろげにはあったことを認めてもよいかもしれない。しかし、あくまでそれは個人的な行為を超えていなかったのである。

定家の戦略――『顕注密勘』

だが、顕昭の『古今集註』は、その後、俊成の息藤原定家によって『顕注密勘《けんちゅうみっかん》』として再編成される。顕昭の注釈に対して定家が末尾にコメントを付するという体裁の注釈書である。定家は顕昭の考えにだいたい従っているが、上から目線で相対化し、時折、意地の悪いコメントも記している。その場合、俊成の説を出すことが多い。そして、『顕注密勘』は、その後の『古今集』注釈にとって、定家が三代集（『古今集』・『後撰集《ごせんしゅう》』・『拾遺集《しゅういしゅう》』）の秀歌と思われるものに対して注釈した『僻案抄《へきあんしょう》』（後世、『御抄《みしょう》』と呼ばれた）と並んで、ある種の聖典となっていくのである。

また、中世も進んでくると、顕昭が定家に質問して定家が応える書物というように誤読されてくる。定家の『顕注密勘』も六条藤家を意識して、それより上の境位《きょうい》に自分がいることを明かす書物だったのである。ここにも和歌の家間の闘争を見ることができよう。その後聖典のごとくになったのは、室町中期以降に主として連歌師たちが定家を神のごとく讃仰《さんぎょう》した結果である。

とはいえ、『古今集』注釈のきっかけは、貴顕の高僧の気まぐれないしは個人的知的欲求に過ぎなかったのである。

(3) 古典注釈の始まり②――『伊勢物語』

『伊勢物語』注釈

第二に、『伊勢物語』注釈に入りたいが、「伊勢注」の成立は、前述した「古今注」、後述する「源氏注」に比べて、圧倒的に遅いという事実を最初に述べておく必要がある。しかも、初期の注釈は、超越的な思考を駆使した、今でいうトンデモ本であった。「伊勢注」では「古注」とされる『十巻本伊勢物語注 冷泉《れいぜい》家流』、『増纂《ぞうさん》伊勢物語抄 冷泉家流』、『伊勢物語奥秘書』、『和歌知顕集《わかちけんしゅう》』、『伊勢物語難儀注《なんぎちゅう》』、『伊勢物語髄脳《ずいのう》』、『玉伝深秘巻《ぎょくでんしんぴかん》』などが代表的である。成立は「鎌倉中末期」とはされるものの、正確なところは分からないと言うしかない代物である。

それでは、なぜ「伊勢注」は、「古今注」・「源氏注」よりも遅くなって、しかも、どうして家永《いえなが》三郎《さぶろう》（一九一三〜二〇〇二）が中世太子伝に対して用いた「荒唐無稽《こうとうむけい》」な内容の注釈[*8]なのか。まず、注釈が遅くなった理由としては、はっきりとした答えはないとしか言いようがない状態である。

だが、このように考えることは可能かもしれない。『伊勢物語』の古典認定を最初に喚起したのは、前述したように、俊成であった。そして、『伊勢物語』本文を校訂したのは息子の定家（定家本『伊勢物語』、これが全伝本の九割以上におよぶ）であったが、その前後に注釈書は生まれていなかった。その理由は、注釈が不要だったからと認識されていたのではないか。これまた理由の説明になっていないが、そこで、考えておきたいことは、『伊勢物語』全二四二首中、『古今集』所収歌と六二首が極めて似た内容の詞書《ことばがき》をもっているという事実である。

『伊勢物語』と『古今集』

たとえば、在原業平《ありわらのなりひら》の著名な和歌である。

月やあらぬ春や昔の春ならぬわが身ひとつはもとの身にして
（月は昔の月ではないのか、春は昔の春ではないのか、我身一つだけは元の身であるのに）

この歌は、『古今集』恋五・七四七番歌と『伊勢物語』四段に登場し、しかも、詞書および物語文が酷似しているのである。

五条の后《きさい》の宮の西《にし》の対に住《す》みける人に、本意にはあらでもの言《い》ひわたりけるを、睦月の十日《とをか》あまりになむ、他所へ隠《かく》れにける。在所は聞きけれど、えものも言《い》はで、又の年《とし》の春、梅の花盛りに、月の面白かりける夜、去年を恋ひて、かの西の対に行きて、月の傾ぶくまで、あばらなる板敷に伏せりて、よめる

（『古今集』）

〈五条后の宮の西の対に住んでいた女に、男が本心ではなくて、言い寄り通っていたところ、正月の十日あまりに、女は他所へ隠れてしまった。居場所は聞いていたけれども、ものも言うことができないで、次の年の春に、梅の花が満開で、月が美しかった夜に、〈女のところに通っていた〉去年を恋い焦がれて、あの西の対まで行って、月が西の山に傾くまでがらんとした板敷きの室に寝込んで、詠んだ歌〉

むかし、東の五条に大后の宮おはしましける、西の対に住む人有《あり》けり。それを本意に

はあらで心ざし深かりける人、行きとぶらひけるを、正月《むつき》の十日ばかりのほどに、ほかにかくれにけり。ありどころは聞けど、人の行き通ふべき所にもあらざりければ、猶《なお》憂しと思ひつゝなんありける。又の年の正月に、梅の花ざかりに、去年を恋ひて行きて、立ちてみ、ゐて見見れど、去年に似るべくもあらず。うち泣きて、あばらなる板敷に月のかたぶくまでふせりて、去年を思いでてよめる。

（『伊勢物語』、岩波新大系に拠る。以下同）

以上から傍線部以外はほぼ共通していることが分かっただろう。そこから、『古今集』と『伊勢物語』とはどちらが先に成立したか、などといった両書の成立問題に進んでも、これまで国文学界で行われた、どちらかと言えば不毛な議論の蒸し返しになるだけなのでやめておくが、ここまで共通していると、『古今集』をきちんと理解さえしていれば、『伊勢物語』はそのまま読めるという考えが生まれた可能性はあるのではないか。よって、今はそのように考えておきたい。

さらに、鎌倉後期以降、「古今注」と「伊勢注」の合体のような注釈書と言ってよいと認めるのに憚《はばか》られるような、すべてを仏法の超越的な原理で説明していく『玉伝深秘巻』なる書物も現れ、超越的な「伊勢注」の出現と軌を一にして「古今注」の一部が超越化する傾向が現れる。これらの現象は『古今集』と『伊勢物語』の近縁性を物語ってやまないだろう。言ってみれば、「古今注」と「伊勢注」の超越化は、ある意味で両者の一体性が前提だったのではないか。そして、敢えて付け加えると、『伊勢物語』は『古今集』と同一範疇《はんちゅう》に置かれた結果、既に古典だったということである。

なお、私たちは、現在、『伊勢物語』や『大和物語』を歌物語として捉えて、『源氏物語』のような物語文学あるいは作り物語と区別している。こうした分類は近代人の妄想あるいは分類意識の所産かと思われるが、鎌倉時代中後期に成立した作り物語所収の和歌だけを集めて、勅撰集仕立てにした『風葉和歌集《ふうようわかしゅう》』という特異な歌集がある（成立は未詳。撰者は一二七一年に完成したと記すが、疑問が多い）。ここには、当然のように、『源氏物語』や『狭衣物語』の和歌は選ばれているが、その一方で『伊勢物語』・『大和物語』の和歌は一首も選ばれていない。ということは、当時の人間にとっても、『伊勢物語』は作り物語＝フィクションとは認識されていなかったということである。

とはいえ、それでは『伊勢物語』とは何なのか。作り物語でないのであれば、それはノンフィクションということになる。言い換えれば、事実とされる事象にベースを置いた『今昔物語集』のような説話集に近い作品だが、和歌が物語内に必ず一つ以上あるという特性は、説話集というよりも、『古今集』のような詞書をもつ歌集の一つと認識されていたのではなかろうか。和歌とは、よみ人知らずという詠者不明（伝承歌などだが、中にはわざと名を隠している場合もある）はあるけれども、ほぼすべて詠者（＝作者から神までも）がいて、実際に詠まれたことを前提とする世界である。そこから、勅撰集では、集の公的性格を完備するために歌人の位階・官職といった身分序列に異常にこだわるという特質が現れてくる。そこにはフィクションなど介在する余地はなかったのである。『伊勢物語』と『古今集』の共通歌の問題は、注釈においても、一体化の実現に大いに寄与したと言ってもよいのである。

それでは、「荒唐無稽」と言われた初期の『伊勢物語』注釈を一《いち》条《じょう》兼《かね》良《ら》（一四〇二〜一四八一）が批判するまで、源《みなもとの》経《つね》信《のぶ》（一〇一六〜一〇九七）の撰述と考えられてきた『和歌知顕集』から見ておきたい。『伊勢物語』三段の歌以外の注釈である。

【物語本文】

むかし、をとこありけり。懸想じける女のもとに、ひじきもといふ物をやるとて、

思ひあらば葎《むぐら》の宿に寝もしなんひじきものには袖をしつゝも

二条の后のまだ帝にも仕《つこ》うまつりたまはで、たゞ人にておはしける時のこと也。

（昔、男がいたという。愛していた女のもとに、ひじきという海藻を贈ると言って、あなたが私に対する思いがあるのなら、私は葎の宿で寝もしましょう。袖を引く敷物〈「ひじきも」を掛ける〉にしても

これは、二条の后がまだ帝にもお仕え申し上げならさないで〈入内なさらないで〉、臣下でいらっしゃった時のことである）

【『和歌知顕集』】

鳥、昔、けさうしける女のもとに、ひじきもという物をやるといへり。これはたれ人ぞ。ひしきものとは、なに物にか。

風、女は、中納言長良《ながら》のむすめ、二条后也。ひじきとは、うみにすぎの葉のやうなる草の侍をいふ也。うみの草をば何ももと申せば、ひじきもとはかけるなり。もはそうさ

うの名也。

鳥、これを、ある人の、だいりにつかうまつる女房のなかに、ひじきものとてものなかに侍り、それをやりけると申すは、あとなき事か。

風、おきなは、えきゝおよはず。をの〱のしり給はざらんには、かゝるひなおきな、いかでかしり侍べき。『伊勢物語』のひじきもにをきては、さる事なし。たゝ、ひじきなり。

（『伊勢物語古注釈大成　第二巻』に拠る）

まず、「鳥」は「問う」、「風」は「答う」の意味である（花鳥風月に引っかけたか）。この注釈は中世によくある問答体である。問答体と言ってもプラトンの問答体（『メノン』など）と同様に、答える方が正しいことになっているが、プラトンによくあるようなソクラテスが討論者に対して仕掛ける、誘導尋問めいた意地悪さは日本中世の問答体にはない。

最初の「鳥」が問題にしているのは、女の正体とひじきものの意味である。「風」では、まず、女が中納言《ちゅうなごん》長良の娘、二条后であること、次に、ひじきものは海藻であることと説明される。これが存外丁寧な説明となっている。ここで押さえておきたいのは、「女」となっているが、必ず具体的な人物に比定されていることである。「男」は言うまでもなく、在原業平を指す。これらは中世の「伊勢注」の特徴である。はなからフィクションと捉えていないのである。

そして、第二の「鳥」となる。今度はひじきもについてである。ある人が内裏《だいり》に仕えている女房の中に、「ひじきもの」といって「裳《も》」の一つがある。それを女にやったというのは、根拠がないのか。というものである。ひじきもがいつのまにか女房装束《しょうぞく》になっていて、この説には根拠があるのか、と質《ただ》しているのだ。今ではどうでもよいし、和歌の掛詞《かけことば》から考えると、間違っているだろうが、「風」では、翁《おきな》（答者のことだろう、『大鏡』における世継《よつぐ》・繁《しげ》樹《き》と同様の役割か）が登場し、分からない、各位が分からないものは自分にも分からないと言った後で、『伊勢物語』のひじきもについては、鹿尾菜《ひじき》であると言って答えを終えている。

ここで例とした注釈には、業平が実は馬頭観音《ばとうかんのん》の化身であるといった超越性はない。だが、具体的人物との比定に加えて、異説に対する根拠を問う姿勢は窺えるのではないだろうか。

なお、『伊勢物語』注釈が私たちから見て、普通というか分かりやすい注釈になるのは、室町期の一条兼良の『愚見抄《ぐけんしょう》』からである。その意味で、「伊勢注」は異形の始まり方をしたと言ってもよいだろう（これについては第四章も参照されたい）。

(4) 古典注釈の始まり③――『源氏物語』

『源氏物語』注釈

『源氏物語』は、南北朝期、四《よつ》辻《つじ》善《よし》成《なり》（一三二六～一四〇二）が編纂した『河《か》海《かい》抄《しよう》』（一三六二～一三六七）にも述べられているように、堀《ほり》河《かわ》天皇の康《こう》和《わ》年間（一〇九九～一一〇四）の頃から広まったという。成立したのは、寛《かん》弘《こう》五年（一〇〇八）と言われているから、それから、一〇〇年後に世間に知られるようになった訳である。

それでは、いつ頃、注釈書が作られたのか？　世《せ》尊《そん》寺《じ》伊《これ》行《ゆき》（?～一一七五）の『源《げん》氏《じ》釈《しやく》』が最初の注釈書である。伊行は享年三八歳と四〇歳説があるが、どちらにせよ、一一七五年の数年前の成立となる。この手の作品を若き日に作ることは考えにくいからである。となると、教長の「古今注」とほぼ同時期ということになる。この事実はやはり心にとめておきたい。

そして、俊成の「源氏見ざる歌よみは遺恨の事なり」という批判をここで再度想起してみたい。一一九四年頃に成立した『六百番歌合』の段階でも、「草の原」が『源氏物語』に基づいていると（かなり無理がありながらも）分かっていたのは、俊成だけであったのだ。実のところ、『源氏物語』はそれほど普及していたわけではなく、瓦井裕子《かわらいゆうこ》『王朝和歌史の中の源氏物語』[*9]が明らかにしたように、平安後期の和歌の世界における『源氏物語』享受はまだまだといった段階であった。そして、こうした享受のありようが一二世紀末になっても、名うての歌人たちにも「草の原」が分からなかった一因でもあったのだ（俊成の戦略の方が役者として一枚上だったものの）。とすれば、一一七〇年代前半に『源氏釈』が成立したのは、そうおかしくはないのである。

さて、となると、世尊寺伊行なる人物が問題となるだろう。能書家であり、能吏でもあった藤原行成《ふじわらのこうぜい》（九七二〜一〇二八）を家祖とする世尊寺家の六代目である伊行は、従五位上《じゅごいじょう》・宮内少輔《くないしょうゆう》という中級貴族であり、事跡においては、書で著名だったことを除いて、これといった文事の記録がない。なぜ伊行が『源氏釈』を編纂したのかも不明である。この点、歌道の専門家二人が講義・編纂した「古今注」とは大いに異なっている。

次に、どのような内容であるかといえば、主として、本文や和歌の典拠を指摘していくというものである。「桐壺《きりつぼ》」巻から一例を挙げておこう。

きりつぼの更衣、あまたのなかにすぐれたる御おぼえをもろこしにもかゝることにてこそ、世はみだれあしき事はいできけれ、といふは
たうの玄そうの楊貴妃《ようきひ》をときめかし給ほとに世のみだれいできける事也
（『源氏物語大成』に拠る。濁点・読点を施した）

桐壺更衣《こうい》ばかり寵愛《ちようあい》されて、このようなことは、中国でもあったように、世の中が乱れるという本文に対して、唐《とう》の玄宗《げんそう》と楊貴妃の事例を挙げて説明している。

だが、こうした物語の原拠・典拠を明らかにしていく注釈のありようは、その後、藤原定家『奥入《おくいり》』に引き継がれ、注釈の基本姿勢になったことは押さえておきたいが、「源氏注」の創始者がさして著名ではない人間であったことは、「古今注」が個人的欲求で始まったように、まだまだ『源氏物語』が古典ではなかったことを改めて物語っているのではないだろうか。

(5) 古典注釈の始まり④――『和漢朗詠集』

『和漢朗詠集』注釈

最後に、『和漢朗詠集』はどうだったのか。藤原公任撰述の『和漢朗詠集』は、平安後期には、当時の大学者であった大江匡房《おおえのまさふさ》（一〇四一～一一一一）が『朗詠江注《ろうえいごうちゅう》』と後代に呼ばれた『和漢朗詠集』の注釈を遺していたが、その後の研究の結果、本文の余白や裏に記された注記だということになり、「朗詠注」の初期段階を示しているものの、注釈書の成立とは言いがたい。

加えて、『和漢朗詠集』の享受のありようが、『古今集』・『伊勢物語』・『源氏物語』とはかなり様相が異なったことも同時に知っておく必要がある。というのも、『和漢朗詠集』は、前述したように、原則として幼年期に学ぶ「幼学書」という範疇《はんちゅう》に入る古典だったからである。故に、広範に流布し、浸透したものの、上記三書が室町期には「古今伝授」の中に包摂されたのに対して、『和漢朗詠集』は三書とは別の道を歩むことになった。だが、江戸後期の古典の自学自習書である高井蘭山《たかいらんざん》編『和漢朗詠国字抄』（一八〇三）に至るまで長い生命力を有した古典であった。

それでは、『和漢朗詠集』の注釈書が成立したのはいつなのであろうか。それは、その後、木曽《きそ》義仲《よしなか》の右筆《ゆうひつ》にもなった信救《しんぎゅう》（大夫房覚明《たゆうぼうかくめい》、?～一二四一か）の『和漢朗詠集私注』（応保元年〈一一六一〉が最初の著作物としての注釈である。これまで見てきたように、「古今注」や「源氏注」よりは一〇年以上早いものの、所詮その程度である。加えて、大江匡房は、その時代の大学者・歌人・漢詩人であり、逸話も多く、本人の談話をまとめた『江談抄《ごうだんしょう》』（その中にも「朗詠注」はある）もある。しかし信救ときては、『和漢朗詠集私注』以外では箱根縁起や義仲の右筆だった故に『平家物語』に納められている願文などの執筆があるとはいえ、やはり世尊寺伊行同様に、無名といってよい人物なのである。

その後の「朗詠注」は、前述したように、「古今注」・「伊勢注」・「源氏注」とは担い手も伝播・伝授・注釈も異なる道を歩むことになる。そのほとんどは『和漢朗詠集古注釈集成』[10]に収められているが、「永済注《えいさいちゅう》」として著名な永青《えいせい》文庫本『和漢朗詠抄注』[11]にある細川幽斎《ほそかわゆうさい》（一五三四～一六一〇）の奥書（慶長二年〈一五九七〉）によれば、幽斎が秀吉の使いで島津を訪れた折、薩摩《さつま》で入手したものであるようだ。

以下は先走った物言いとなるが、江戸初期に北《きた》村《むら》季《き》吟《ぎん》（一六二四〜一七〇五）がこれまでの「朗詠注」を整理した『和漢朗詠集註』（寛文一一年〈一六七一〉）を刊行することによって、『和漢朗詠集』は、「古今注」・「伊勢注」・「源氏注」と並ぶ四大古典の一角を占めるに至ったのではなかろうか。

(6) 古典注釈のその後

古典的公共圏へ

こうして『古今集』・『源氏物語』・『和漢朗詠集』、遅れて『伊勢物語』の注釈が始まったが、注釈が全面展開していくのは、鎌倉中期から南北朝時代を経て、室町期になってからである。

それでは、鎌倉前期において起こった問題は何か。それは、古典本文の校訂等を受けて古典および和歌が公共圏として位置づけられていくことである。日本の古典とは、私がいう

「古典的公共圏」が確立してから正しく「問題」や研究の対象になるのである。これらは次章で詳しく論じる。

　それにしても、当初は、俊成を除いて、それほどの大志や野望・企みもなく、なにやら訳の分からない形で注釈が始まり、それらが権威化されていくというのは、室町期の古今伝受もそうだが、この国の特性かもしれない。摂関・院政と同様に、一旦できあがってしまうと、以後、権威となり、反復継続されていくのが日本の伝統なのである。

＊1　イタロ・カルヴィーノ著、須賀敦子訳『なぜ古典を読むのか』（河出文庫、二〇一二年、原著一九九一年）

＊2　岡﨑真紀子『やまと言葉表現論――源俊頼へ』（笠間書院、二〇〇八年）

＊3　小川靖彦『萬葉学史の研究』（おうふう、二〇〇七年）、『日本文学Ｗｅｂ図書館』小川執筆「仙覚」

＊4　品田悦一『万葉集の発明』（新曜社、二〇一九年）

＊5　大津雄一『『平家物語』の再誕　創られた国民叙事詩』（ＮＨＫブックス、二〇一三年）

＊6　西村加代子「古今集仮名序「古注」の成立」（同『平安後期歌学の研究』所収、和泉書院、一九九九

七年）

＊7　髙橋昌明『平家と六波羅幕府』（東京大学出版会、二〇一三年）

＊8　『日本思想大系　聖徳太子』解説（岩波書店、一九七五年）

＊9　瓦井裕子『王朝和歌史の中の源氏物語』（和泉書院、二〇二〇年）

＊10　『和漢朗詠集古注釈集成』（大学堂書店、全三巻、四冊、一九八九～一九九四年）

＊11　『倭漢朗詠抄注』（汲古書院、一九八四年）

第三章

古典的公共圏の確立

——身だしなみとしての和歌・古典

(1) 古典本文の校訂ということ

現代の読書と前近代の読書

書物を読むという場合、私たちは、おおむね活字本あるいはさまざまな電子媒体で読むということになる。それらに向かって目で追うのは、印刷・印字された文字であり、通常、刊行される前に、誤植・誤記などは訂正された本文になっている（それでも誤植・誤記・脱字はままあるけれども）。だから、初出・単行本・文庫本間において多少の異文などはあるけれども、内容はいずれも同じであることは納得した上で読んでいることになる（初版本を重視するのは趣味と古本価値の問題であり、書物の内容とはさして関係がない）。

しかし、このような読書体験は、中世においてはなかったと言ってよい。日本において、爆発的に読書人口が増えたのは、ひとえに江戸期に勃興した出版業のおかげである。出版業は、版本《はんぽん》（版木《はんぎ》に原稿を彫り込み、大量印刷する）という形態を普及させた。版本は版木がある限り、刷り続けることができるので、『源氏物語』注釈および本文の代表とも言える北村季吟の『源氏物語湖月抄《こげつしょう》』（一六七三）など、明治頃まで印行《いんこう》されていたと思われる。以前、私がもっていたものは天保《てんぽう》年間の印行であった。これでも初刷《しょずり》からだいたい一五〇年は経っているのである。

ちなみに、幕府が禁書にした書物は版木が没収されることになっていた。よって、禁書が予想される書物は少部数の木活字版で刷られることもあった。とはいえ、幕府の書物管理は林家が代行していたが、存外緩かったことも分かっている。[*1]

さて、版本が普及するまでにも五山版《ござんばん》・春日版《かすがばん》といった特殊な版本（ほぼ経典や仏書）や、近世初期には古活字版という活字を用いた、選ばれた読者用の小規模の古典籍印刷（嵯峨《さが》本『伊勢物語』など）も行われたが（第五章も参照されたい）、近世以前の大部分の書物は写本であった。写本というのは、文字通り、ある書物を写したものである。古典となった書物はいずれも作者が書いた原本などというものは存在しない（いつの間にか、どこかで散逸《さんいつ》したのだろう）。だから、あるのは写本だけとなる。

人間とは、ある文献を写す際に、目移りで行を間違えたり、字を間違えたり、書き落としたりすることを普通にしてしまうそそっかしい動物である。だが、そういう類いではなく、前近代では、場合によっては書写者が勝手に書き換えたり、省略したり、増補したりする、作為的な超写本行為ともいうべき行動をとってしまう動物でもあった。そのような作為的書き換えが写本にはかなりの頻度で見られるのである。

典型例を示しておこう。『平家物語』の諸本は、大きく読み本系・語り本系に分かれ、読み本系では、『延慶本《えんぎょうぼん》』（六巻本末＝一二巻）、『長門本《ながとぼん》』（二〇巻）、『源平盛衰記《げんぺいじょうすいき》』（四八巻）、『源平闘諍録《げんぺいとうじょうろく》』（巻一・五・八が現存）、『四部合戦状本《しぶかっせんじょうぼん》』（巻一・三〜七・九〜一二が現存）、語り本系では、『覚一本《かくいちぼん》』（一二巻＋灌頂巻《かんじょうのまき》）、『屋代本《やしろぼん》』（巻一〜三・五〜八・一〇〜一二が現存）とあるように、だいたい一二巻を基調としながらも、実に多様な諸本群が揃っている。それでは、どうしてこのように分岐していくのか。やはり、写しているうちに、書写者が自らの意図と狙いに従って、増補したり、省略したりしたからであろう。そうして、書写者が複数かつ長い期間に何度も書写を繰り返すうちに、気がつけば、原型がどうであったかが想像できないくらいの多様な異本群が出現していくのである。

だが、そうした中でも、語り本の代表である『覚一本』は「正本《しょうほん》」とされているからか、安定度は高い。おそらく琵琶法師集団である当道《とうどう》座内でしっかりと校訂されていた結果だと思われる。

ここで元に戻ると、ある書物を古典にするには、前章で述べたように注釈があることが絶対条件である。それと同時に、古典本文がある程度統一されていないといけないという事実も、古典成立の重要な条件になると思われる。たとえば、『聖書』や『クルアーン』に異本（『聖書』の場合、外典《げてん》として排除した結果だが）が存在しないのは、聖典とするべく徹底的な校訂が行われた結果に他なるまい。

とまれ、仮に『源氏物語』を読んでいても、内容が異なった『源氏物語』が他にあると知っていたら、読んでいる人間は、さて、自分は『源氏物語』を本当に読んでいることになるのかといった疑問が必ずや生まれてくることになるだろう。そうした状況下、鎌倉初期に三人の偉大な古典校訂者が現れることになる。

(2)　藤原定家の古典校訂

古典学者藤原定家

藤原俊成の跡を継ぎ、御子左家の当主となり、鎌倉初期歌壇を領導していた定家は、後鳥《ごと》羽院《ばいん》（一一八〇～一二三九）と対立した後、無事に承久《じょうきゅう》の乱（一二二一年五月～六月）も乗り切り、後堀河《ごほりかわ》天皇（一二一二～一二三四）から単独下命を受けて『新勅撰和歌集《しんちょくせんわかしゅう》』（実質成立、一二三五年）を撰述するなど、歌壇の頂点として君臨していた。その前後から定家が熱心に手がけていたのが古典校訂であった。歌人としての才能を見切ったのか、それとも父の遺志を継いで、古典意識をさらに突き進めて古典を具体的に定礎《ていそ》したかったのか、おそらく両方であろうが、定家は長い人生の後半を古典形成に懸けたのである。

まず、貞応《じょうおう》二年（一二二三）～嘉禄《かろく》二年（一二二六）に定家本『古今集』が完成している。現在、『古今集』の基本本文である。次に、天福《てんぷく》元年（一二三三）に青表紙本《あおびょうしぼん》『源氏物語』が完成した。室町中期以降、『源氏物語』の本文は、河内本《かわちぼん》（後述）から青表紙本に変わっていくが、定家は、さまざまな本文を校訂して、青表紙本を完成させ、さらに、『源氏釈』を承けて注釈内容を充実させた『奥入』という注釈書を同年以降に完成している。ここに、『源氏物語』の代表的本文（青表紙本）と注釈書が揃うことになった。

そして、天福二年（一二三四）に定家本『伊勢物語』を完成させている。前述したように、定家本『伊勢物語』は、『伊勢物語』の全伝本の九割以上を占めている、代表的な本文となる。

こうしてみると、『古今集』・『伊勢物語』・『源氏物語』という日本を代表する古典三書はいずれも定家が本文校訂したものであることが分かるだろう。ここで、やや穿《うが》った見方をすれば、定家が本文校訂をすれば、その書物は古典になるのかと思いたくもなる。そう外れてもいないだろう。というのも、俊成・定家で古典の核は形成されたと言っても過言ではないのだから。

藤原定家（1162～1241）

さらに、諸本の異同が著《いちじる》しく、何をもって『枕草子』と言ってよいか分からない『枕草子』も、近年、佐々木孝浩《ささきたかひろ》が明らかにしたように[*2]、三巻本『枕草子』が定家校訂本であることが判明した。その完成は安貞《あんてい》二年（一二二八）である。だが、前記に反したことを述べることになるが、『枕草子』は古典となっていない。改めて、『枕草子』の立ち位置が気になるところである（『枕草子』に注釈書が登場するのは、北村季吟『枕草子春曙抄《まくらのそうししゅんしょしょう》』〈一六七四年以後成立〉、加藤磐斎《かとうばんさい》『清少納言《せいしょうなごん》枕草紙抄《まくらのそうししょう》』〈一六七四年〉からである)。

また、『源氏物語』と並び称されることもあった『狭衣物語』は、後藤康文《ごとうやすふみ》の推測[*3]によれば、定家はあまりに異文が多い『狭衣物語』の写本群を見て途方に暮れ、校本を作ることを断念したという。おそらくこの推測は当たっていよう。本文の乱れ方は『枕草子』の比ではなかったということだろう。『狭衣物語』の最初の注釈は里村紹巴《さとむらじょうは》(一五二五〜一六〇二)の『狭衣下紐《さごろもしたひも》』であり、『枕草子』の最初の注釈書と併せて近世といってよい時期の成立であった。両書はともに近世という古典が実は最も輝いた時代に『徒然草』と並んで遅れてきた古典となったのであった。

俊成の古典意識の喚起、そして、定家による古典本文の校訂と『奥入』の執筆などが行なわれていたさなか、鎌倉幕府成立(一一八五)以降、都市として急速に発展した鎌倉においても古典形成が始動していた。

(3) 河内源氏家の『源氏物語』校訂と注釈

学都鎌倉の誕生

鎌倉における古典形成とは、源《みなもとの》光行《みつゆき》（一一六三〜一二四四）、その子親行《ちかゆき》（一一九〇頃〜一二七〇頃）父子による河内本『源氏物語』の校本化および注釈（『水原抄《すいげんしょう》』・『原中最秘抄《げんちゅうさいひしょう》』など）の作成である。その後、河内源氏家は代々『源氏物語』注釈を充実させていくことになる。

押さえておきたいのは、鎌倉が決して武士・武家だけの都だったのではないということだ。宗尊親王が将軍の頃（一二五二〜一二六六）も、鎌倉には、藤原《ふじわらの》光俊《みつとし》（真観《しんかん》、一二〇九〜一二七六）が宗尊の和歌師範として仕え、その後、京都に戻り、『続古今集』五人の撰者の一人となっているように、鎌倉は、京都で活躍できない歌人・文人などが活躍できる場所でもあったのだ。初期幕府の宿老である大江《おおえ》広元《ひろもと》（一一四八〜一二二五）・三善《みよし》康信《やすのぶ》（一一四〇〜一二一二）・中原《なかはら》親能《ちかよし》（一一四三〜一二〇九）といった文人・文士たちはいずれも京都から下ってきたのであり、幕府の制度的完成および京都の朝廷との交渉場面において多大な貢献をした人物たちであった。

その意味で、鎌倉は文化都市でもあったのだ。その代表が源光行・親行父子ということになろうか。彼らがなした功績には、青表紙本と並び、室町中期までは優勢であった河内本『源氏物語』本文（建長《けんちょう》七年〈一二五五〉までに完成か）、および、散逸し、寺本《てらもと》直彦《なおひこ》が指摘したように[*4]、『葵巻《あおいのまき》古注《こちゅう》』がその零本《れいほん》（遺された本）と言われる『源氏物語』注釈書である『水原抄』の完成がある。

河内源氏家の凄さは、源氏研究が家の学問となったことだ。光行―親行・素寂《そじゃく》（生没年未詳、親行の弟）―聖覚《しょうかく》（親行息、一二五〇頃～一三一四年以降）―行阿《ぎょうあ》（一二九〇頃～一三六四以降）と繋がっていき、その間に、聖覚・行阿が増補した『水原抄』に漏れた秘注を集めた『原中最秘抄』、傍流ながらいまだに参照されることが多い素寂の『紫明抄《しめいしょう》』、さらに素寂や宇都宮歌壇の系統にある西円《さいえん》（生没年未詳）といった人々の注釈を集大成した編者未詳の『光源氏物語抄』といった中世源氏学を代表する注釈書が陸続と作り出されていった意義はどうしようもなく大きい。

その流れは、南北朝期の四辻善成が二代将軍足利義詮《あしかがよしあきら》（一三三〇～一三六七）の要請によって、作成した河内源氏学の集大成と言われる『河《か》海《かい》抄《しよう》』まで続いていった。いわば、河内源氏家の河内本『源氏物語』、さらにさまざまな『源氏物語』注釈が定家の青表紙本『源氏物語』・『奥入』を追いかけるようにして展開していったのである。

なお、建長五年（一二五三）五月二八日に開催された「源氏談義」では、かなり細かい議論が行われ、西円（この人は色々なところで物議をかもしているが）がしつこく自説を展開して敗れている。つまり、鎌倉は、この時期には『源氏物語』をめぐる談義・討論が挙行される学都でもあったのである。

最後に、この河内源氏家の源氏研究が真骨頂を迎えていた時期、それがこれから問題とする後《ご》嵯《さ》峨《が》院《いん》時代であり、その時代こそ、古典の素養と本歌取り・題詠和歌の詠作能力をもって一人前の人間と見なす**「古典的公共圏」**が確立した時代だったのである。まずは和歌から述べていきたい。

図3　鎌倉幕府将軍と北条氏略系図

※丸数字は将軍就任、角数字は執権就任の順を表す。

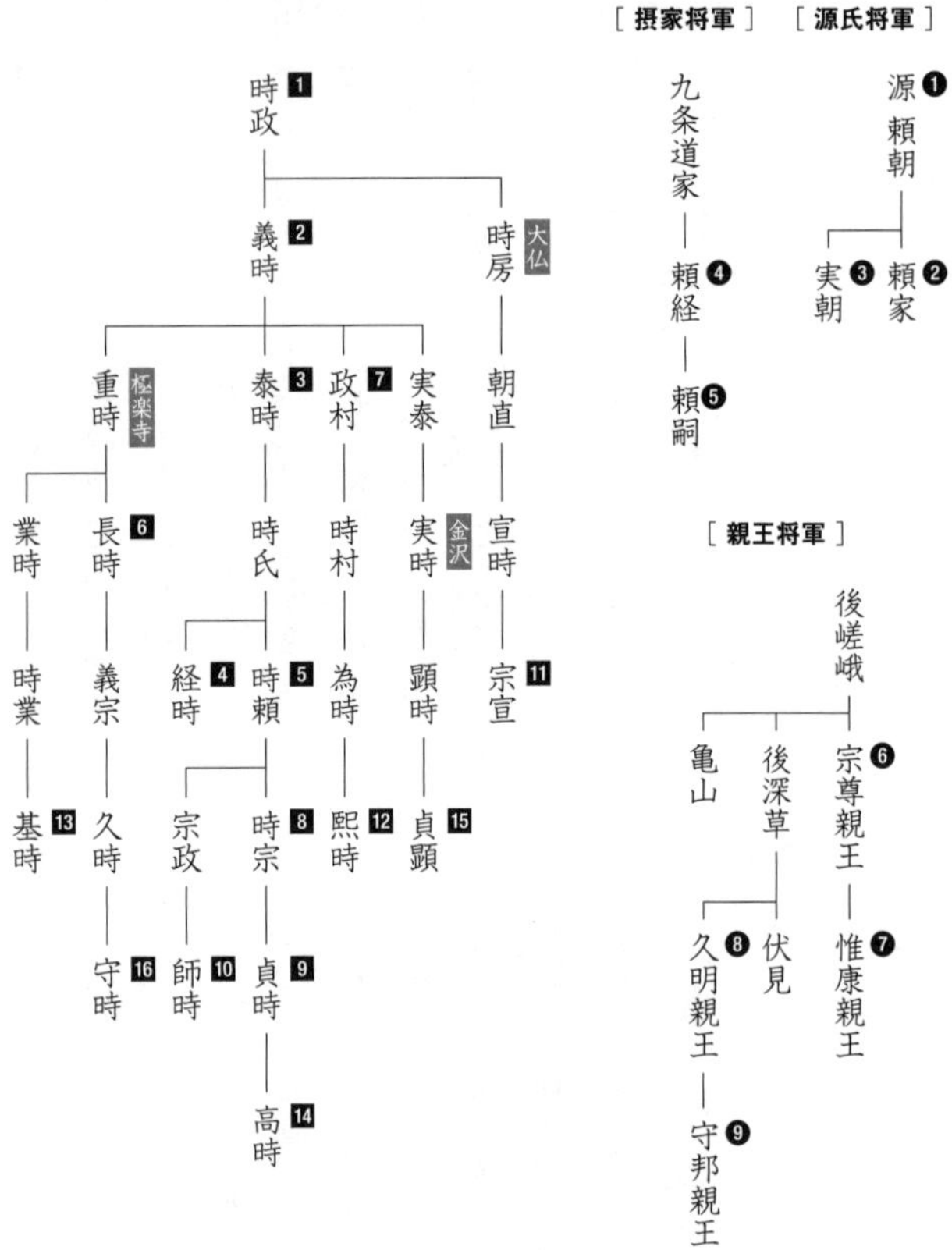

(4)　和歌の変容

題詠と本歌取り

平安後期から「題の心」（主題）を詠む題詠和歌が次第に主流になっていったが、後鳥羽院が勅撰した『新古今集』の時代となると、ほぼ題詠和歌全盛となり、同時に、俊成の古典意識を受けて、本歌取り和歌が主流となってきた。本歌となるのは、言うまでもなく『古今集』の和歌が圧倒的に多かったが、三代集および『伊勢物語』・『源氏物語』も次第に本歌の中に組み込まれていった。鎌倉中期以降における和歌の正統である二条派では、『古今集』の本歌取り・題詠を本領として平明でおだやかな和歌をよしとしたが、その前提にあるのが、題詠と本歌取りだったのである。

私たちの多くは、和歌とは自由に詠むものだと思っているが、実際はそうではない。平安期には和歌を自在に詠もうとした源俊頼などもいたけれども、俊頼としても、万葉語や方言に注目したりして、新しい歌語を模索していたのである。その後のアバンギャルド的な和歌は、源《げん》三《さん》位《み》頼《より》政《まさ》（一一〇四〜一一八〇）の父仲《なか》政《まさ》（生没年未詳）の和歌などがあるが、「達《だる》磨《ま》歌《うた》」と呼ばれた定家の若い頃の和歌くらいで終息し、以後、題詠・本歌取りを枠組みとする和歌となった。さらにいえば、定家が主張したように、歌ことばを三代集（『古今集』・『後撰集』・『拾遺集』）・『伊勢物語』・『源氏物語』に絞り込んだことで、和歌を詠むとは、先行する和歌の表現を少しだけ変える行為ということになった。和歌を詠む人間が全員定家レベルなら別だろうが、やむを得ず詠む人も多かったのであり、これらは和歌詠作の易化に繋がったことは間違いない。月並み和歌と呼ばれる和歌が大量生産されることになったのである。

だが、こうした制限によって、和歌人口は飛躍的に増加することになったことは間違いない。なぜか？　最低限『古今集』を完全に暗記し、題詠和歌の基本である『堀河百首』題などを用いて繰り返し題詠を学習すれば、誰でも和歌が詠めるようになるからである。しかも、題詠というのは、和歌における一種のコスプレである。若者が老人の立場で老の歌を詠み、男が女の立場で男を待つ女の苦悩を詠み、僧侶が女の立場で恋の和歌が詠めるようにしたのが題詠だったのである。

こうして鎌倉期以降、和歌は、従来の貴族・女房・歌僧・官人から門跡といった高僧や北条氏の武将といったところまで拡大していったのである。俊成が、歌人なのに『源氏物語』を知らないと嘆いた時代は、既に終わりかけていたと言ってよいだろう。

和歌と古典（『古今集』・『伊勢物語』・『源氏物語』）の合体、そして、和歌が古典と現在を結びつけ、本歌取りながら、新たな世界を刻んでいく。こうして、後嵯峨院の時代は始まったのだ。

(5)　後嵯峨院の時代

鎌倉の平和

承久の乱によって、後鳥羽院は隠岐《おき》に、後鳥羽院と乱の中心人物であった順徳院《じゅんとくいん》（一一九七〜一二四二）は佐渡《さど》に、乱とは無関係だったものの、自らの意志で土佐に流された土御門《つちみかど》院《いん》（一一九五〜一二三一）といった後鳥羽院皇統は一旦途絶し、鎌倉幕府は、後鳥羽院の兄守貞親王《もりさだしんのう》（一一七九〜一二二三）を後高倉院《ごたかくらいん》として、その子後堀河天皇、そして後堀河の皇

後嵯峨院（1220～1272）

子四条《しじょう》天皇（一二三一～一二四二）と繋いで後高倉皇統で皇統を統一しようとしたが、四条天皇の夭折《ようせつ》でこの企みは瓦解《がかい》した。四条天皇は若年のために皇子もおらず、後高倉院皇統自体がこの時点で断絶してしまったからである（図4）。

そうして、順徳院の皇子忠成王《ただなりおう》と土御門院の皇子邦仁王《くにひとおう》が残り、どちらかが天皇になることになったが、幕府は、まだ佐渡で存命中だった順徳院の皇子を避け、土御門院皇子邦仁王が仁《にん》治《じ》三年（一二四二）に後嵯峨天皇となった。後嵯峨天皇（一二二〇～一二七二）は、即位四年後の寛元《かんげん》四年（一二四六）に皇子の後深草《ごふかくさ》天皇（一二四三～一三〇四）に位を譲り、ここから崩御する文永《ぶんえい》九年（一二七二）までが所謂《いわゆる》後嵯峨院時代である。即位から数えるとほぼ三〇年に亘る鎌倉時代における最も安定した時代であった。

かつて、私は後嵯峨院時代を「PAX KAMAKURANA」（パックス・カマクラーナ＝鎌倉の平和）と命名したことがある。この時代は、まず、承久の乱および乱後の混乱によって生じた九条道家《くじょうみちいえ》（一一九三〜一二五二）の時代が終わっていること、そして、モンゴルが襲来した文永一一年（一二七四）の直前であるという奇跡のようなエアーポケットとも言いうる時代であった。

後嵯峨院時代が平和で安定していた要因に挙げられるのは、幕府との関係が途中まですこぶるよかったことである。摂家将軍の頼経、そして、息頼嗣《よりつぐ》（一二三九〜一二五六）は相次いで京都に追放され、後嵯峨院皇子宗尊（一二四二〜一二七四）が建長四年（一二五二）に将軍として下った（図3）。宗尊も文永三年（一二六六）に京都に追放になり、その後に将軍になった惟康《これやす》（一二六四〜一三二六）も正応《しょうおう》二年（一二八九）にその座を追われてしまうが、後嵯峨院時代においては、宗尊は追放になったものの、孫の惟康が将軍として鎌倉にあり、同母の子二人が後深草院（新院）と亀山《かめやま》天皇（一二四九〜一三〇五）となり、その他の息はおおむね門跡となるなど、公家・武家・寺家のトップを我が子・孫で占めるという空前の時代を実現しえた。

さらに、後深草院・亀山天皇の母である姞子《きつし》（大宮院《おおみやいん》、一二二五〜一二九二）は政界の最大の実力者西園寺実氏《さいおんじさねうじ》（一一九四〜一二六九）の娘であり、実氏をはじめとする西園寺家は

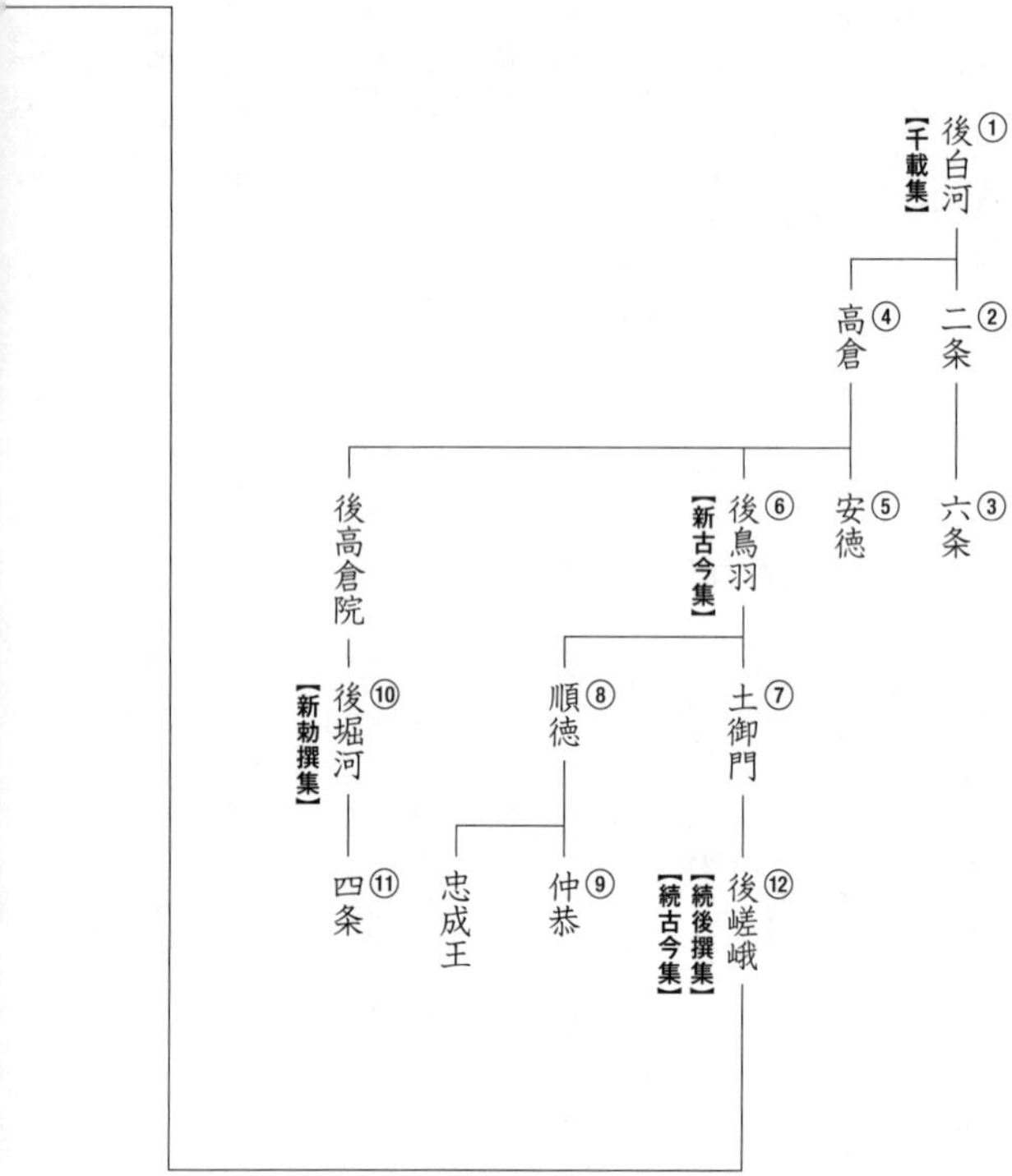

図４　鎌倉～室町期の天皇家略系図と勅撰和歌集

※【　】内は編纂を命じた勅撰和歌集を示す。
※数字は即位の順を表す。

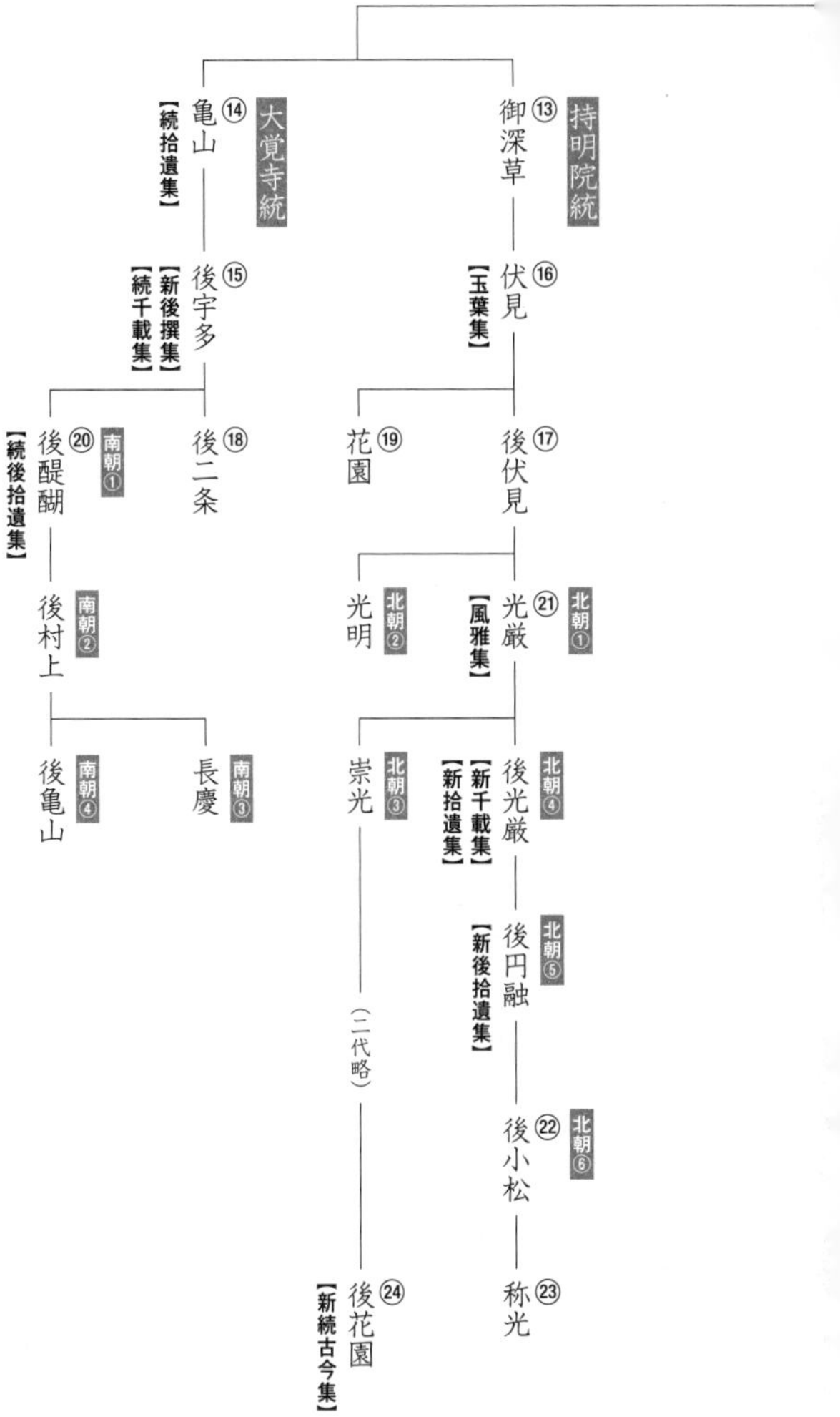

持明院統
御深草⑬
伏見⑯
【玉葉集】
後伏見⑰
花園⑲
光厳㉑
北朝①
【風雅集】
光明
北朝②
後光厳
北朝④
【新千載集】
【新拾遺集】
崇光
北朝③
後円融
北朝⑤
【新後拾遺集】
（二代略）
後小松㉒
北朝⑥
称光㉓
後花園㉔
【新続古今集】
大覚寺統
亀山⑭
【続拾遺集】
後宇多⑮
【新後撰集】
【続千載集】
後二条⑱
後醍醐⑳
南朝①
【続後拾遺集】
後村上
南朝②
長慶
南朝③
後亀山
南朝④

代々関東申次《かんとうもうしつぎ》を務めて、鎌倉幕府との連絡・調整役になった。ために、九条道家以降は、摂関家以上に実質的な公家のトップとなったのである。後嵯峨院はその意味でも恵まれていたと言ってよい。まさに、公家・武家・寺家といった全権門《けんもん》から支持された院であったのである。

(6) 古典的公共圏の定義

古典的公共圏とは何か

ここでまず、**「古典的公共圏」**なるものの定義を予めしておきたい。というのは、その方が理解を容易にするからである。以下が定義である。

古典的公共圏とは、古典的書物（『古今集』・『伊勢物語』・『源氏物語』・『和漢朗詠集』）の素養・リテラシーと、和歌（主として題詠和歌・本歌取り）の知識・詠作能力とによって、社会の支配集団＝**「公」秩序**（院・天皇――公家・武家・寺家の諸権門）の構成員が文化的に連結されている状態を言う。

右の解説をする前に、まず、古典において公共圏なるものがあるのかという疑問をもつ向きもあるかもしれないから、こうした疑問については、以下のように答えておきたい。

二つの公共圏

公共圏あるいは公共性を最初に問題にしたのは、現代ドイツの社会哲学者ユルゲン・ハーバーマス（一九二九〜）の『公共性の構造転換[*5]』（原題が Strukturwandel der Öffentlichkeit であるので、「公共性」でも「公共圏」でも構わないと思われる）である。同書でハーバーマスは、二つの公共圏を提示した。まずは、前近代の公共圏としての**「代表具現的（示威的）公共圏」**（repräsentative Öffentlichkeit）であり、もう一つは、近代市民社会の公共圏としての**「市民的公共圏」**（bürgerliche Öffentlichkeit）である。

ハーバーマスが批判的に引用する、近代ドイツを代表する法学者というよりも知の巨人であるカール・シュミット（一八八八〜一九八五）によれば、「市民的公共圏には討論がつきものであり、具現的公共圏には修辞的語法がつきものである」とのことだが、これは二つの公共圏の性質を端的に言い表している。

私人が自主的に参加し、討論を経て、エゴイズムや私利を超えたルール共同体（但し、ルールは皆の討論によって変更もありうる）を構築していくというのが近代的な「市民的公共圏」であるのに対して、前近代的な「代表具現的（示威的）公共圏」とは、公共圏を具現するにはそれにふさわしい行動・服装・言葉といった礼儀作法が要求され、それが可能な人間（貴族・騎士・僧侶）のみが公共圏への参加が許されていた。言い換えれば、貴族的行動様式が実現される時空間であったのである。

代表具現的（示威的）公共圏

両者のうち、古典的公共圏と密接なのは、言うまでもなく、前近代の**「代表具現的（示威的）公共圏」**である。「代表具現的（示威的）公共圏」を分かりやすく説明すると、こういうこととなる。

フィクションながらも、卓抜な例があるので、それで示しておきたい。池《いけ》田《だ》理《り》代《よ》子《こ》に『ベルサイユのばら』という名作がある。漫画のみならず、宝塚歌劇でも何度も上演された。

物語が始まってまもなく、王妃マリー・アントワネットは、なんども挨拶を迫ってくる、卑しい生まれのデュ・バリー夫人（ルイ一五世の愛人）を嫌っていたのだが、夫人が手練手《てれんて》管《くだ》を駆使したため、とうとう、マリー・アントワネットは夫人に挨拶をせねばならない状況に陥るという場面がある。それは、言ってみれば、マリー・アントワネットの敗北であった。だが、ここには、王妃の挨拶という行為がいかなる意味をもっているかが如実に示されているのだ。なぜ夫人は王妃の挨拶を切実に望むのか。それは、王妃の挨拶によって、夫人はフランスという国家によって公的に認められているということを内外に証明することができるからである。即ち、マリー・アントワネットの存在とその行為にはフランスの栄光が「代表」（これは、原語では、「repräsentative」＝〈英語〉representative だから、「再現前」という意味でよい。議会の代議士《representative》も国民の再現前である）されているのである。これが**「代表具現的（示威的）公共圏」**というものである。

これまたフィクションで恐縮だが、ドラマ『水戸黄門』でご隠居が黄門という正体を現す時、助さんが「控えおろう」と叫び、全員が控えるという最後の場面は、この時、水戸黄門の存在によって、「代表具現的（示威的）公共圏」が成立したことを示している。

故に、徳川将軍の「御目見得《おめみえ》」から始まる、前近代日本における公共圏も、ヨーロッパ等

〈前近代文明社会〉と同じく「代表具現的（示威的）公共圏」であったことは間違いない。

古典的公共圏と代表具現的（示威的）公共圏の差異

だが、ここで問題にしている「古典的公共圏」とは、「代表具現的（示威的）公共圏」と近接しつつ、やはり異なった公共圏ということになる。前述した定義にあるように、ここで問題とされているのは、古典の素養（＝古典知）と題詠・本歌取りの和歌詠作能力である。これがどうして公共圏となるのか。

ここで、突飛ながら、この公共圏を近代経済学の一分野である比較制度分析で用いるソーシャル・ゲーム論で譬《たと》えてみたい[*6]。即ち、古典知と和歌詠作能力のある人がソーシャル・ゲームへの参加条件となるということである。逆に言えば、古典知・和歌詠作能力がなければ、ゲーム自体に参加もできないということになる。ゲームから排除されることは、古典的公共圏という目に見えない制度から排除されることと同義であり、社会的に一人前の人間としてみなされないこととなる。しかも、このゲームは、院・天皇から始まり公家・武家・寺家という中世の三大権門で共有されているのである。そこから脱落することの恐怖は想像するにあまりある。

よって、古典・和歌は生きる上での知・能力・ノウハウ、言い換えれば、必須の嗜《たしな》みとして位置づけられていたということである。時代の変遷と共に、古典知・和歌に加えて、連歌・和漢聯句・蹴鞠《けまり》・有職故実《ゆうそくこじつ》（公家故実・武家故実）などが加わってくるものの、ベースにあったのは、古典知と和歌であった。

こうして、日本における「代表具現的（示威的）公共圏」の核というべき公家・武家・寺家、加えて、歌僧・文人などは等しく古典知・和歌を嗜みないしはそれ以上のツールとして身につけていったのである。そうでなければ、室町期の地方武将歌人（大内政弘《おおうちまさひろ》〈一四四六～一四九五〉、十市遠忠《とおちとおただ》〈一四九七～一五四五〉）の出現や、能登の守護大名畠山義総《はたけやまよしふさ》（一四九一～一五四五）が三条西実隆《さんじようにしさねたか》（一四五五～一五三七）から『源氏物語』を借りたりしたといった現象は現れなかったであろう。*7

こうした古典知・和歌による公共圏は、古典と用いられる古典語を変えながら、**〈前近代文明社会〉**では例外なく見られるものであった。それでは、日本における古典的公共圏はいつ頃成立したのであろうか？

(7) 古典的公共圏の成立時期

起点としての後嵯峨院時代

結論から言えば、古典的公共圏はおそらく後嵯峨院時代（一二四六〜一二七二）に成立したと思われる。定家が一二四一年に古典本文校訂と『奥入』を遺して死去したが、鎌倉の源親行は健在で、河内本『源氏物語』本文の完成を急いでいた。時に後嵯峨院政の盛期であった。むろん、何年何月何日に成立したということは言えないが、この鎌倉の平和の時代に成立したと目される論拠はある。以下、二点を挙げておきたい。

二度の勅撰集

第一に、後嵯峨院が二度の勅撰集を下命していることである（図5）。最初に、二度の勅撰集を下命したのは白河院（一〇五三〜一一二九）の『後《ご》拾《しゅう》遺《い》集《しゅう》』（一〇八六年成立）と『金《きん》葉《よう》集《しゅう》』（一一二六年七月受納）である。しかしながら、『金葉集』は、一〇巻本という小ぶりの勅撰集であった。

なお、後嵯峨院以降に二度の勅撰集を下命したのは、後宇多院《ごうだいん》（一二六七〜一三二四）と後光厳院《ごこうごんいん》（一三三八〜一三七四）であるが、二人には事情があった。後宇多院の二つの勅撰集、即ち『新後撰集《しんごせんしゅう》』（一三〇三年奏覧）と『続千載集《しょくせんざいしゅう》』（一三二〇年返納）の間に、伏見院《ふしみいん》（一二六五〜一三一七）下命・京極為兼《きょうごくためかね》（一二五四〜一三三二）撰述の『玉葉集《ぎょくようしゅう》』（一三一二年頃）があり、その後、皇統が再び大覚寺統《だいかくじとう》に戻って二度目の本院となり、かつまた、持明《じみょう》院統《いんとう》および『玉葉集』に対する反発（とりわけ編者の二条為世《ためよ》〈一二五〇〜一三三八〉）として『続千載集』が編まれた。後白河院の『千載集』以降、当代の最高権力者である院・天皇が勅撰集を下命することになっていたが故に、後宇多院も二度目の下命をしたのである。

さらに、後光厳の二度の下命（『新千載集』〈一三五九年返納〉・『新拾遺集』〈一三六四年返納〉）は勅撰集の武家執奏《ぶけしっそう》時代（将軍が院・天皇に代わって勅撰集下命を決める）であるから、足利尊氏《あしかがたかうじ》が『新千載集』を、義詮が『新拾遺集』を執奏した時の院がたまたま後光厳院であったに過ぎない。

これらに対して、後嵯峨院が下命した『続後撰集《しょくごせんしゅう》』（一二五一年奏覧）、『続古今集《しょくこきんしゅう》』（一二六六年竟宴）はともに二〇巻の勅撰集であり、『続古今集』には、既に指摘もあるように、[*8]

図5　21の勅撰和歌集（二十一代集）

		番号	和歌集名	成立	宣下	撰者と歌数
		1	古今集	延喜13年（905）	醍醐天皇	紀貫之、凡河内躬恒、紀友則、壬生忠岑。1111首。
三代集		2	後撰集	天暦7年（953）頃	村上天皇	源順、大中臣能宣、清原元輔、紀時文、坂上望城。1426首。
		3	拾遺集	寛弘2～4年 （1005～07）	花山院	藤原公任撰の『拾遺抄』を補い、花山院と側近たちによる編。1351首。
	八代集	4	後拾遺集	応徳3年（1086）	白河天皇	藤原通俊。1218首。
		5	金葉集	天治元年（1124）初奏 天治2年（1125）再奏 大治元～2年 （1126～27）三奏	白河上皇	源俊頼。初奏本470首、再奏本665首、三奏本650首。
		6	詞花集	仁平元年（1151）頃	崇徳上皇	藤原顕輔。415首。
		7	千載集	文治4年（1188）	後白河法皇	藤原俊成。1288首。
		8	新古今集	承元3～4年 （1209～10）	後鳥羽上皇	源通具、藤原有家、藤原定家、藤原家隆、藤原雅経。1978首。
		9	新勅撰集	文暦2年（1235）	後堀河天皇	藤原定家。1374首。
		10	続後撰集	建長3年（1251）	後嵯峨上皇	藤原為家。1371首。
		11	続古今集	文永3年（1266）	後嵯峨上皇	藤原為家、藤原基家、藤原家良、藤原行家、藤原光俊。1915首。
		12	続拾遺集	弘安元年（1278）	亀山上皇	二条為氏。1459首。
		13	新後撰集	嘉元元年（1303）	後宇多上皇	二条為世。1607首。
	十三代集	14	玉葉集	正和2年（1313）	伏見上皇	京極為兼。2800首。
		15	続千載集	元応2年（1320）	後宇多上皇	二条為世。2143首。
		16	続後拾遺集	嘉暦元年（1326）	後醍醐天皇	二条為藤、二条為定。1353首。
		17	風雅集	貞和5年（1349）	花園法皇	光厳上皇。2211首。
		18	新千載集	延文4年（1359）	後光厳上皇	二条為定。2365首。
		19	新拾遺集	貞治3年（1364）	後光厳上皇	二条為明、頓阿。1920首。
		20	新後拾遺集	至徳元年（1384）	後円融上皇	二条為遠、二条為重。1554首。
		21	新続古今集	文安4年（1447）	後花園天皇	飛鳥井雅世、2144首。

勅撰集の祖、醍醐《だいご》天皇の『古今集』、中興の祖、後鳥羽院の『新古今集』（後嵯峨院の祖父が後鳥羽院）の「古今集」を継承し、院政の祖、白河院の『後拾遺集』まで意識した勅撰集であった。ここに懸ける後嵯峨院の文芸復興の願いは相当なものがあったと推断しうる。

とりわけ『続古今集』には、撰者の一人であった藤原光俊の推しもあってか、入集歌数では、宗尊親王が六七首でトップであった。以下、実氏六一首、定家五六首、後嵯峨院五四首、後鳥羽院四九首、為家四四首、家隆四一首、土御門院三八首、順徳院《じゅんとくいん》三五首、知家三二首、光俊三〇首、良経・俊成・信実《のぶざね》二八首と後嵯峨院政を支えた実氏、後嵯峨院の祖父後鳥羽院、父土御門院、叔父順徳院、俊成・定家・為家の御子左家の面々、さらに、光俊を含めた知家《ともいえ》（一一八二～一二五八）らの仲間が多く入集しているが、北条氏に目をやると、泰時《やすとき》（一一八三～一二四二）三首、重時《しげとき》（一一九八～一二六一）三首、政村《まさむら》（一二〇五～一二七三）一三首、長時《ながとき》（一二三〇～一二六四）三首、時茂《ときしげ》（一二四一～一二七〇）三首、時直《ときなお》（？～一三三三）三首と入集していること、他、後藤基綱《ごとうもとつな》（一一八一～一二五六）一首、その子後藤基政《もとまさ》（一二二四～一二六七）七首、また、僧侶では、宇都宮頼綱《うつのみやよりつな》（蓮生《れんじょう》法師、一一七八～一二五九）三首、北条氏出身の大僧正隆弁《りゅうべん》（一二〇八～一二八三）三首といった鎌倉系僧侶ばかりか、法印実伊（大僧正）（一二二三～一二八二）三首、権大僧都定円《じょうえん》（生没年未詳）三首、前大僧正公豪《こうごう》

（一一九六～一二八一）一首、前権僧正快雅《かいが》（生没年未詳）一首といった顕密僧がそれなりに登場していることである。こうした入集者の多様性はそのまま和歌が公家・武家・寺家を繋ぐツールになっている傍証となっているだろう。これはそのまま古典的公共圏が和歌レベルでも確立したことを示しているのだ。

古典のパロディー化

第二に、後嵯峨院時代に、古典のパロディーが現れることである。それまで『新古今集』の仮名序に『古今集』仮名序の一部が引用されていたことはあったが、同じ勅撰集であるから、これはありうることだと思われる。だが、撰者不明の『十訓抄《じっくんしょう》』（建長四年〈一二五二〉成立）の序文には、

それ、世の中にある人、ことわざしげき振舞《ふるまい》につけて、高き賤しき品《しな》をわかず、賢なるは得《とく》多く、愚なるは失多し。しかるに、いまなにとなく、聞き見るところの、昔今《むかしいま》の物語を種《たね》として、よろづの言《こと》の葉《は》の中より、いささかその二つのあとをとりて、良きかたをば、これをすすめ、悪《あ》しきすぢをばこれを誡《いまし》めつつ、いまだこの道を学び知

らざらむ少年のたぐひをして、心をつくる便《たより》となさしめむがために、こころみ十段の篇を別ちて、十訓抄と名づく。

（新編日本古典文学全集に拠る）

とある。全体の趣旨は『古今集』仮名序・真名序とは無関係だが、□内が仮名序・波線部が真名序（「賢愚之性」）をそのまま引用しており、傍線を付した「聞き見る」も仮名序の「見るものきくもの」との類縁性は高いことが分かるだろう。さらに、『十訓抄』編纂目的である勧《かん》善《ぜん》懲《ちょう》悪《あく》に関して最初の認識ともいえる「賢なるは得多く、愚なるは失多し」の賢愚論も真名序を踏まえていると見ることが可能である。そこから分かることは、『十訓抄』序が『古今集』序の影響下にあるというか、パロディーになっているという事実だ。パロディーとは、典拠があってはじめて成立する遊びである。ここでは、『古今集』仮名序・真名序が仰ぐべき典拠、即ち、古典となっていたのである。

さらに、『十訓抄』の二年後に成立した橘《たちばなの》成《なり》季《すえ》（生没年未詳）編『古《こ》今《こん》著《ちょ》聞《もん》集《じゅう》』は、書名からして『古今和歌集』のパロディーであり、それは二〇巻構成からも裏付けられる。そして、編纂終了後に勅撰集と同様に、「竟《きょう》宴《えん》」までやっているのだ。

以上から、後嵯峨院時代には、『古今集』は古典として確立しており、パロディーの対象ともなっていたことが了解されよう。なお、後嵯峨院没後の弘安三年（一二八〇）に、伏見院の春宮《とうぐう》時代の近臣が集まって、『源氏物語』をめぐるトリビアクイズのような談義が催された。源《みなもとの》具《とも》顕《あき》（一二六〇?～一二八七）の手によってまとめられ、『弘《こう》安《あん》源《げん》氏《じ》論《ろん》義《ぎ》』と命名された。ここにある序文が見事なまでの『古今集』仮名序のパロディーである。『源氏物語』の論義に『古今集』仮名序を用いる。このような芸当は、やはり後嵯峨院時代の文化環境の賜《たまもの》と見てもよいのではないか。

古典的公共圏のその後

以上から、日本において、古典的公共圏が成立・確立したのは、ほぼ後嵯峨院時代であると考えられる。そして、これはなんと明治維新まで維持されていくのである。だが、その後の日本の歴史はいわば激動の波が何度も押し寄せてくるのであり、後嵯峨院時代のような安寧の時代は少なかった。それでも、古典的公共圏は弱くなるどころか、ますます磨きを掛けて強くなっていくのである。

次章では、中世における古典的公共圏のダイナミックな展開を見ておくことにしたい。

＊1　中村安宏「検閲と幕府儒者：天保改革の文教政策」（東北史学会編『歴史』一三〇、二〇一八年）

＊2　佐々木孝浩「定家本としての枕草子」（『日本古典書誌学論』所収、笠間書院、二〇一六年、初出二〇一二年）

＊3　後藤康文『狭衣物語論考【本文・和歌・物語史】』（笠間書院、二〇一一年）

＊4　寺本直彦『源氏物語論考：古注釈・受容』（風間書房、一九八九年）

＊5　ユルゲン・ハーバーマス著、細谷貞雄・山田正行訳『公共性の構造転換』（未来社、一九七三年、原著一九六二年）

＊6　青木昌彦『青木昌彦の経済学入門』（ちくま新書、二〇一四年）

＊7　米原正義『戦国武士と文芸の研究』（桜楓社、一九七六年）ならびに、武井和人『十市遠忠和歌典籍の研究』（全三巻、武蔵野書院、二〇二〇年）

＊8　佐藤恒雄『藤原為家研究』（笠間書院、二〇〇八年）

第四章

古典的公共圏の展開

――戦乱においてますます躍動する和歌・古典

(1) モンゴル襲来がもたらしたもの——幕府と宗教

モンゴル襲来の衝撃と古典的公共圏

鎌倉期における最大の危機とは、関東で時折起きる「族滅」とも称される北条氏対他の一族の合戦（梶原景時の死・比企《ひき》合戦《かっせん》・畠山重忠《はたけやましげただ》の死・和田《わだ》合戦《かっせん》・宝治《ほうじ》合戦《かっせん》・霜月騒動《しもつきそうどう》・平禅門《へいぜんもん》の乱など）や、一〇年くらいおきに繰り返される将軍追放といった事件ではなく、言うまでもなく、二度に亘るモンゴル襲来（文永の役・一二七四年、弘安の役・一二八一年）であった。悪天候の問題、モンゴル軍（主力は元・高麗《こうらい》軍であったが）の問題、さらに、鎌倉武士団の奮闘ぶりでなんとか退けることに成功した。モンゴル自体は三度目の襲来・侵攻を計画していたようだが、フビライの死で沙汰止みになった。このことを日本側は知らないので、その後も備えは怠れなくなって、幕府の負担は増したままとなった。

モンゴル襲来以前では、大宰権帥《だざいのごんのそち》藤原隆家（九七九〜一〇四四）が活躍した、一〇一九年の刀伊《とい》の入寇《にゅうこう》があったものの、これほどの大規模な侵攻ははじめての経験であった。当初、平和慣れ（＝ぼけ）した鎌倉武士団は戦いの仕方を忘れていて手こずったとのことである。[*1]
　とはいえ、モンゴル襲来は、幕府の体制や宗教には大きな影を落としたが、最初に結論から言えば、和歌・古典および古典的公共圏については、注釈のありようにある程度の影響が窺えるけれども、ほとんど影響を与えなかったのである。とはいえ、まずは、時代の状況を知るべく、モンゴル危機をめぐる幕府と宗教について簡単に述べておこう。

密教の振興

　幕府および朝廷は、主要な寺社にモンゴル調伏《ちょうぶく》の祈禱《きとう》を襲来の前後で計五六回も要請しているように、危機感は切実かつ深刻であった。幕府は、モンゴル襲来以前にあっては、原則的に西日本には関心もなく、皇位継承に関わる場合も、大概は朝廷側からの働きかけに応じるといったものであったが、襲来以後は、そういうわけにはいかなくなった。第三の襲来に備えて、西日本、とりわけ九州の防備が急がれた。その結果、幕府の本来の領域である東国のみならず、全国的規模の行政に関わらざるをえなくなり、これが訴訟の大幅な増加を招くことになり、幕府の行政能力を超える事態となって、幕府の根幹を弱らせるに至った。加えて、寒冷化、「悪党《あくとう》」の跳梁《ちょうりょう》などと重なって幕府は次第に弱体化したのである。[*2] 戦争に勝って時代の変化に負けたのが鎌倉幕府ということになろうか。

他方、宗教について言えば、北条時頼《ほうじょうときより》（一二二七〜一二六三）の時代、南宋の蘭渓道隆《らんけいどうりゅう》（一二一三〜一二七八）を招いて一二五三年に建長寺《けんちょうじ》を建立するなど、幕府の宗教政策は、それまでの密教と禅宗の並立状況から、ほぼ禅宗一辺倒になっていった。しかし、モンゴル襲来によって、幕府の宗教政策は再転換し、禅宗以上に加持祈禱を重視する密教振興に力が注がれた。[*3] この頃、朝廷の方も、幕府と連動したわけではないけれども、後宇多院の密教への傾倒は並々ではなく、大覚寺《だいかくじ》をもって、東寺に対抗するまでに至っていた。[*4] 公武ともに密教に熱を上げたのである。

それでは、こうした幕府・宗教の変化は、古典的公共圏にどのような影響を与えたのか。

モンゴル襲来と無関係な二つの勅撰集

モンゴル襲来の前後に三つの勅撰集が撰集されている。前述した後嵯峨院下命の『続古今集』の他、二度の襲来の間に撰集された、亀山院下命の『続拾遺集《しょくしゅういしゅう》』と襲来の後に下命された後宇多院下命の『新後撰集』の三集である。

ここでは、『続拾遺集』と『新後撰集』について考えてみたい。最初に、『続拾遺集』である。同集は、撰者二条《にじょう》為氏《ためうじ》（一二二二～一二八六）、奏覧は弘安元年（一二七八）である。文永の役から四年後ということになるが、弘安の役まであと三年といった、通常なら緊迫感ある日常と思いきや、モンゴル襲来の影は全く窺われないのである。文永の役の一年前の「文永十年七月七日内裏に七首歌たてまつりし時」という詞書をもつ為家詠「雑秋、五六四　天の川やそぢにかかる老のなみ又たちかへりけふにあひぬる（天の川、私は八〇に手がかかる老いの波であるのに、また、元と同じように今日七月七日の七夕にあなたと逢ってしまった）」があるが、七夕にちなんで、高齢なのに、歌人が七月七日に、亀山天皇のご尊顔を拝した喜びを伝える和歌であり、モンゴル襲来の影も形もない。さらに、「弘安元年十月、春日社にはじめて御幸ありし時まゐりて奏し侍りける」という内大臣近衛《このえ》家基《いえもと》（一二六一～一二九六）の神祇歌が載るが、亀山院の春日御幸に供奉した時の和歌であり、「一四三二　時雨《しぐれ》だにもらぬみかさの松がえに君がみゆきぞ色はそへける（時雨でさえも漏れてこない三笠山の松の枝に院の御幸は色を添えたなあ）」とあるように、家基の氏社である春日社《かすがしゃ》に御幸《ごこう》した院を称えたごくありきたりの歌である。その他も二条派風の平明な和歌がこれまでの伝統に従って集められているだけである。

次に、『新後撰集』は、撰者は二条為世（一二五〇～一三三八）、奏覧は嘉元《かげん》元年（一三〇三）であった。弘安の役から二二年経っているが、こちらもその影は一切見えない。また、『新後撰集』の応製和歌として編まれたと思われる、弘安元年に催された『弘安百首』（散逸）から四一首採られている。そこにも一切モンゴル襲来を匂わせる和歌はない。通常の応製百首であり、描かれているのは、天下太平の世を前提とした四季・恋・雑の和歌的世界ばかりである。

とはいえ、中には興味を惹く和歌がないではない。北条貞時《さだとき》（一二七一～一三一一）の出家に続いて、歌人でもあった北条宣時《のぶとき》（一二三八～一三二三）も出家したので、二条為世は「雑下　一四八〇　まどろまぬうつつながらにみる夢はおもひつづくるむかしなりけり（眠れない現実のなかで見る夢は思い続ける昔だったのだなあ）」とかつての交流を回想した和歌を詠んでいるのだ。北条氏と和歌の宗匠の濃密な人間関係を物語っている貴重な例となるが、北条氏が主として担当したモンゴル襲来のことは一切出てこないのである。風雅な交流の懐かしい思い出が詠まれるだけのことである。

そこから明らかになることは、両集ともにモンゴル襲来はなかったことになっているという事実である。その後の勅撰集の展開を見ても、南北朝動乱が詠まれることはなかったから（南朝宗良《むねよし》親王〈一三一一～？〉撰の准勅撰集である『新葉集《しんようしゅう》』に「世のみだれ」が二度出てくるのみである）、勅撰集というのはそういうものなのだろうが、弘安の役一年前の弘安三年（一二八〇）に開かれた『弘安源氏論議』にも一切その気配は見えないし、後深草院に仕え、中年以降は日本中を行脚した二条（一二五八～？）の『とはずがたり』でもやはり何も触れられていないのである。

私たちは、モンゴル襲来と言えば、通常なら、歴史の教科書、あるいは、著名な『蒙古《もうこ》襲来《しゅうらい》絵《え》詞《ことば》』でイメージすることが多いのではないか。少しその方面に詳しい人なら、八幡《はちまん》神《しん》の霊験《れいげん》を説いた『八幡《はちまん》愚《ぐ》童訓《どうくん》』甲種一類本も出てくるかもしれない。なんであれ、当時の人たちにとっても切実な危機であるとつい想像しがちだが、肝腎要の朝廷あるいは朝廷内外の勅撰集・源氏談義が作られている古典的公共圏内部においては表現レベル・話題レベルにおいて何も影響を与えていないのである。これは厳粛な事実として受け止めねばならないと思われる。

だが、一切ないわけではなかった。超越的注釈の出現と、どちらかと言えばそうした注釈のマージナルな展開である。

超越論的言説の出現

モンゴル襲来の前後において、散文あるいは書記言語の論理・文体が大きく変わってしまったという事実がある。このことはやはりモンゴル襲来の影響の一つかと考えられるので、まずはそこから始めてみたい。

具体的に言えば、こういうことである。モンゴル襲来前では、説話集で言えば、『発心《ほっしん》集《しゅう》』といった仏教説話集でも、前述した『十訓抄』・『古今著聞集』のような世俗的な内容が中心の説話集であれ、説話なるものの定義とも言いうる、書き手も読み手も事実として読まれることを半ば要請あるいは強制する言説であったということだ。そこに共通するのは、仏教霊験譚を除いて、事実を超え出る超越的な内容や言説は登場しないということであった。だが、モンゴル襲来直後に成立した無住《むじゅう》（一二二七～一三一二）『沙石集《しゃせきしゅう》』を見ると、巻一冒頭話から、異様な日本神話が語り出される。このような物語である。

日本がまだできあがっていない以前、大海の底には大日（大日如来《だいにちにょらい》）の印文《いんもん》があり、伊勢の太神宮《だいじんぐう》（天照大神）が鉾《ほこ》を下して探った時、その鉾の滴《しずく》が露のようになった時、第六天魔王が遥か遠くから眺めて、この滴が国になる時、仏法が流布し、そこに住む人間は悟りを得る相があるといって、滴を失うために下ったところ、太神宮は魔王に会って、今後、一切仏法の名前を言わないし、我が身には近づけないと誓って、魔王に帰ってもらった。だから、伊勢太神宮では仏法を忌避しているが、実は内には深く三宝《さんぼう》（＝仏法）を守っているという。[*5]

この手の物語は、現代では、「中世神話」と呼ばれて、実に色々なヴァージョンがある。[*6] こうした『日本書紀』にはない、後で作られた神話あるいは第六天魔王や伊勢太神宮の対話といった超越論的言説は、例外はあるだろうが、モンゴル襲来以後にほぼ出てくると思われる。

トンデモ化した注釈

そして、超越的な神話、あるいは物語に相通ずる思想に裏付けられた「古今注」「伊勢注」も登場してくるのである。「伊勢注」については、このような超越的注釈から始まった。ここでは、一書で「古今注」「伊勢注」を兼ねているような、『玉伝深秘巻』の冒頭を挙げてみよう。

　この歌は、天地応身《おうじん》、万法の妙躰《みようたい》なり。両句は天地陰陽、胎金《たいこん》の二界なり。上は胎蔵《たいぞう》界《かい》、下は金剛界《こんごうかい》なり。日月万物の蔵なり。はじめの五七五は五行五常五方なり。下の七七は七仏七星なり。

（『中世古今集注釈書解題五』に拠る）

現代語訳はほぼ不可能だが、一応訳してみるとこのようになる。

和歌は、天地を救うために現れる応身仏、すべての仏法の根源的本体であり、上句下句は天と地・陰と陽、胎蔵界と金剛界の二界を示している。上句が胎蔵界、下の句が金剛界である。そこには、日月万物を蔵している。五七五の上句は五行・五常・五方であり、七七の下句は、過去七仏と北斗七星である。

おそらく言いたいことは、和歌には仏教的な全宇宙が内蔵しているということだろう。こうした言説がどれだけ普及し、かつまた、支持を得たかはよく分かっていない。少なくとも南北朝期の武将で冷泉派歌人だった今川《いまがわ》了俊《りようしゅん》（一三二六～？）などは、ほとんど信用していなかった。おそらく主流の二条派・二条家なども無視していたと想像される。マージナルな展開と名づけた所以である。

だが、胎蔵界・金剛界という密教的宇宙観がそのまま和歌原理論として登場するのである。これなど、和歌＝仏道を唱えた慈円（一一五五〜一二二五）の主張など、和歌肯定論として理解できるから、まだ可愛いと言うべきだろう。これほどの宗教的な意味内容を和歌に含める、こうした隠された意味を強引に見出す行為は、「伊勢注」である『和歌知顕集』において、在原業平を馬頭観音の化身と捉えるのと同様のものであろう。現代では、トンデモ解釈で済まされようが、ここに示したような超越的解釈は、モンゴル襲来後の鎌倉後期に生まれ、「古今注」「伊勢注」については、一条兼良の注釈、二条派を名乗った宗祇《そうぎ》、三条西実隆の注釈でほぼ駆逐されたものの、部分的には近世まで続いたのである。

馬耳東風の古典的公共圏

とはいえ、古典的公共圏自体については、何ら強い変更を迫るものでなく、和歌はモンゴル襲来などなかったように、詠まれていたし、源氏の注釈も営々と続けられていたのである。歌人人口は増え、鎌倉は京都と並ぶ学芸の都として少なくとも幕府滅亡まで栄えていたのである。

前にも述べたが、改めて繰り返すと、日本に特徴的に言えることとして、摂関といい、院政といい、一旦できあがると、本来、律令にはないものが制度化して、近世末期まで継続されるという事態となる。古典的公共圏も同様であったのではないか。一旦できあがってしまうと、ちっとやそっとではぐらつかないのである。今でいう流行現象やサブカルチャーなどさまざまな動きが出てきても、古典的公共圏は全くぐらつかない。逆に、本来、非正統的な性格が強く、和歌を詠む合間の遊びの要素が強かった連歌などは、南北朝には、式目（＝規則）が整備され、二条良基《にじょうよしもと》（一三二〇～一三八八）編の『菟玖波集《つくばしゅう》』は、准勅撰集になって、古典的公共圏の仲間入りを果たしたのである。但し、連歌集ながら、一見和歌と見まごうように、二句構成となっており、勅撰集を意識した構成にはなっているのであった。

　これが近世に入ると、雅俗《がぞく》によって区分され、雅が古典的公共圏内にある和歌・漢詩・俳諧、俗が狂歌・狂詩・川柳となった。俗文芸も雅文芸がある故に輝きを増したのである。六つの文芸をすべてこなしたのが大田南畝《おおたなんぽ》（一七四九～一八二三）である。[*7]

　今日、文化としての正統派・主流というものが事実上なくなってしまったので、正統派に対する異端という位置づけが消えてしまった。一九六〇年代に登場してきたロックミュージシャンが、古い世代から見れば、奇妙奇天烈な舞台衣装をまとっていたのは、ロックの本場であるイギリスを例にとると、スーツや礼装に身を固めた紳士層＝支配層・エリート層＝体制に対する反発・プロテストだったからではなかったか。言い換えれば、紳士層＝正統派＝体制であり、それに対抗するロックミュージシャン＝異端派、反体制という構図である。正統派があるからこそ、異端派にも存在理由があったのである。

だが、日本、とりわけ戦後日本においては、正統対異端などといった二項対立はほぼ存在しない。それであるのに、英米ロックの服装に似たスタイルで演奏していたかつての日本のロックミュージシャンには、どこか志が感じられない滑稽さが漂っていた。よって、正統対異端もなくなったなんでもありのぬるま湯的国柄では、サブカルチャーも一流行として消費されるだけで終わっていくのではないか。

一見、嘆くべき現状かもしれないが、オリジナル作品に対する勝手な加筆・増補、否、新展開は、ほとんど中世王朝物語（『とりかへばや』など）と呼ばれる、『源氏物語』の変異体と言ってもよい物語群に近いものがあり、これらには興味がそそられる。言うまでもないが、それら中世王朝物語は、ある種の読み切り小説であり、古典にはなりえなかった。それらの多くは江戸後期の国学者によって再発見されたものであった。鎌倉後期は「古典的公共圏」の周縁に、超越的注釈と二次創作的物語まで生み出していたのである。

(2)　南北朝動乱と古典的公共圏

長かった南北朝動乱

後醍醐《ごだいご》天皇主導の下、新田義貞《にったよしさだ》（一三〇一～一三三八）によって鎌倉が、足利尊氏（一三〇五～一三五八）・直義《ただよし》（一三〇六～一三五二）兄弟によって京都六波羅《ろくはら》が陥落し、鎌倉幕府は滅びたが、建武《けんむ》新政は二年で崩壊し、南北朝時代（一三三六～一三九二）になだれ込む。史上、京都と吉野《よしの》に二人の天皇がいた時代である。

戦乱の過程は、北朝・室町幕府優位で続くものの、観応《かんのう》の擾乱《じょうらん》（一三五〇～一三五二）によって、尊氏と同母弟直義が高師直《こうのもろなお》（?～一三五一）の処遇をめぐって対立し、北朝が分裂、直義が南朝入りするなど、さらなる混乱を惹起した。南朝が六〇年近く持ちこたえたのは、ひとえに室町幕府の分裂の故に他ならない。直義自身は、一三五二年に死去（一説に毒殺）するが、その後、直義の養子（実は尊氏の息子）である直冬《ただふゆ》（一三二七?～一三八七?）が蜂《ほう》起《き》したものの、尊氏が一三五八年に死に、直冬が率いる直義党も一三六三年には終焉を迎えてしまう。後の三〇年間、南朝は存在していたが、衰退の一途を辿り、九州も今川了俊によって一三八一年には平定され、三代将軍義満《よしみつ》（一三五八〜一四〇八）による南北朝合一（一三九二）を迎えることとなった。

治承・寿永の乱は、一一八〇〜一一八五年の六年間であったが、この南北朝動乱はそのほぼ一〇倍である。かくも長きに亘った戦乱によって、日本社会が被った変容はさまざまであったろうが、それでは、古典的公共圏はどうだったのだろうか。

武家執奏の勅撰集

結論から言えば、長かった戦乱にもかかわらず、和歌・古典は繁栄したのである。まずは、和歌について述べておきたい。

光厳院《こうごんいん》（一三一三〜一三六四）は、初期幕府において政務万端を担当した事実上の為政者であり、かつまた、南北朝の武将中、最大の生真面目な知性派であった足利直義とは馬が合い、勅撰集を撰集したい旨を伝えていた。これに直義が応えて援助し、生まれたのが一七番目の『風雅集《ふうがしゅう》』である（**図5**）。成立は貞和《じょうわ》五年（一三四九）頃であった。観応の擾乱の一年前である。まさに幸運の産物だが、京極派《きょうごくは》一番目の勅撰集は、光厳院親撰とはいえ、幕府を牛耳っていた直義の承認を得て撰集されていることから、これをもって、幕府と勅撰集の繋がりが生まれた最初の例と言える。

次に、観応の擾乱が終息して四年後の延文《えんぶん》元年（一三五六）に、足利尊氏は、二条為定《にじょうためさだ》（一二九三?～一三六〇）を撰者として、後光厳天皇に勅撰集を執奏し、それを受けて天皇は下命して、撰集が行われた。『新千載集』である。返納は延文四年（一三五九）であるが、既に尊氏は没しており、頓阿《とんな》（一二八九～一三七二）が為定を励ましつつ、完成に持っていったのである。

こうして武家執奏の勅撰集が誕生した。本来、勅撰集とは、後白河院の『千載集』以降、時の最高権力者である院・天皇が下命して撰集するものである。だが、それが逆転して、室町将軍が院・天皇に執奏して、それを受けて院・天皇が下命するというようになったのである。名目上の下命者は院・天皇であるが、実質の下命者は、執奏となっている将軍だったのである（図6）。

以後、足利義詮《よしあきら》執奏・後光厳天皇下命・撰者二条為明《にじょうためあき》（一二九五～一三六四）・為明没後の実質撰者頓阿の『新拾遺集』（貞治三年〈一三六四〉返納）、足利義満執奏・後円融《ごえんゆう》天皇（一三五九～一三九三）下命・撰者二条為遠《ためとお》（一三四一～一三八一）、没後為重《ためしげ》（一三二五～一三八

図６　室町幕府将軍略系図

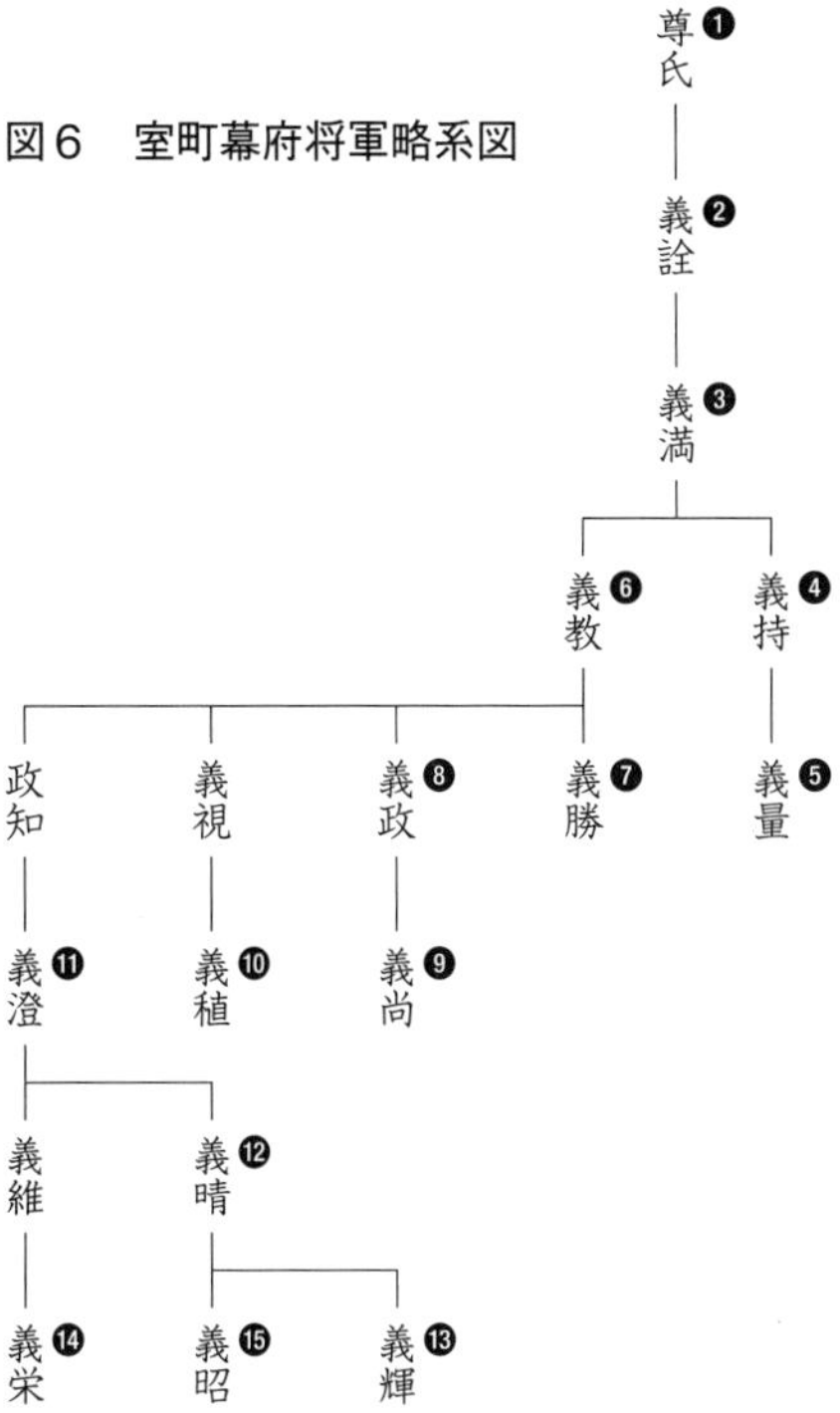

五）の『新後拾遺集《しんごしゅういしゅう》』（後小松《ごこまつ》天皇〈一三七七～一四三三〉の至徳《しとく》元年〈一三八四〉再返納）、足利義教《よしのり》（一三九四～一四四一）執奏・後花園《ごはなぞの》天皇（一四一九～一四七一）下命・撰者飛鳥井雅《あすかいまさ》世《よ》（一三九〇～一四五二）の『新続古今集《しんしょくこきんしゅう》』（文安《ぶんあん》四年〈一四四七〉再奏覧）とあるように、武家執奏が制度化した（図5）。

なお、足利義政《よしまさ》（一四三六～一四九〇）も二二代集を執奏し、準備にかかったものの、応《おう》仁《にん》の乱によって二つの和歌所が焼失し、諦めるに至っている。その跡を継いだ九代将軍義尚《よしひさ》（一四六五～一四八九）は、「打聞《うちぎき》」という、勅撰集ではない新しい形の私撰集を考えていたようだが、二五歳で近江《おうみ》国の鈎《まがり》の陣で客死し、将軍による和歌撰集という行為はこれをもって終わった。

とはいえ、直義が承認した『風雅集』を加えると、五代の勅撰集に将軍が深く関わったという事実は、十分に重いと言わねばならない。

武家執奏の意味するもの

それでは、室町将軍はどうして武家執奏まで行って勅撰集を撰集しようとしたのだろうか。
それは、尊氏が建てた北朝と創立した室町幕府の正統性を確保するためであろう。

その証拠を示してみると、義満が『新後拾遺集』を執奏し、それが完成した時点では、まだ南朝は存在していた。逆に、義持《よしもち》（一三八六～一四二八）およびその息義量《よしかず》（一四〇七～一四二五）は執奏していない。その理由は南朝が既になくなっていたから、もう武家執奏は不要であると義持が考えたのだと推測することは可能である。

しかし、籤《くじ》引きで選ばれた、義持の同母弟義教《よしのり》は事実上最後の勅撰集となった『新続古今集』を執奏した。これについては、父義満時代を復活させたいと願っていたこと、また、青蓮院《しようれんいん》門跡《もんぜき》義円《ぎえん》だった自分にとって、将軍と武家執奏は自己の正統性を証明するものと考えていたのであろうとこれまた推測しておきたいが、執奏前に、後花園天皇の父貞成《さだふさ》親王（後崇光院《ごすこういん》、一三七二～一四五六）は、今度の将軍は執奏しそうだと期待感を述べているが（『椿葉記《ちんようき》』）、この顚倒《てんとう》した意識が生まれたのも三代の武家執奏が既に伝統化したものとなっていることを如実に示している。

ともかく、『新千載集』から『新続古今集』までの最後の四代集は、室町幕府・将軍の武家執奏という形であり、公武一体の象徴的表現であった。義満および義持の努力の結果、足利家は天皇家の次である摂関家に準ずる家格となっていたのである。

他方、南朝において、前述したように、宗良親王が撰者となって『新葉集』が撰集された。

成立は一三八一年（奏覧）である。『新後拾遺集』の直前の成立である。おそらく北朝に対抗した結果、撰集されたのであろう。既に劣勢は覆いきれないが、せめて勅撰集くらいは、という思いが伝わってくるではないか。

勅撰集の撰集とは、正しく政治的行為であった。つまり、和歌＝政治の構図である。これも古典的公共圏のありようの一つである。南北朝動乱において、古典的公共圏は強化されることはあっても衰えることはなかったのである。

多彩な歌人の登場

『新千載集』・『新拾遺集』の撰述に深く関わったのは、頓阿といういまだに氏《うじ》素《す》性《じょう》がはっきりしない歌僧であった。頓阿は、二条為世門下の和歌四天王（『了俊《りょうしゅん》歌《か》学《がく》書《しょ》』では、浄弁《じょうべん》〈一二五六頃～一三四四頃〉・頓阿・能与《のうよ》（誉）〈生没年未詳〉・兼好《けんこう》〈一二八三頃～一三五二頃〉、『正徹《しょうてつ》物語』では、浄弁・頓阿・慶運《けいうん》〈一二九三／一二九九～一三六九存命〉・兼好）の一人であり、出自不明ながら、法《ほう》印《いん》権《ごん》少《のしょう》僧《そう》都《ず》にまで上った浄弁とその子慶運と同様に、頓阿・兼好も、言ってみれば、正体不明の人物であった。だが、二人とも和歌のみならず、財テクの達人でもあり、頓阿など京に別邸を四箇所も有していたとか。[*8] つまり、公家・武家・寺家の周縁に生息しつつ、和歌の宗匠的存在として、和歌のみならず、財テクを含めた経済面においてもしたたかに活動していた人たちだったのである。頓阿の人間交流図・関係には、それだけで南北朝時代の主要メンバーがほぼ入っていると言ってもよい。

なお、連歌式目を完成し、『菟玖波集』を撰述した、当代最大の学者にして、義満の師匠でもあった二条良基も頓阿と深い交流があり、『愚《ぐ》問《もん》賢《けん》注《ちゅう》』という頓阿との問答集をまとめている。*9

このようなたくましい歌人たちが今度は人間的ネットワークを駆使しつつ、古典的公共圏をさらに強化・拡大していったのである。加えて、『了俊歌学書』の著者である今川了俊をはじめとする武将歌人の活躍にも注目すべき点が多い。

古典学の進展

ここで、古典学の方に目を向けてみたい。河内源氏家の源氏学は、南北朝期に四辻善成が継承し、見事な大輪の花を咲かせた。『河海抄』である。江戸期国学を実質的に完成させた本居宣長が一条兼良の『花《か》鳥《ちょう》余《よ》情《せい》』と並んで、尊重したのは『河海抄』であった。*10『河海抄』は、『源氏物語』で用いられる大和言葉の意味を主として漢語・漢字で説明していく。

二つの言語の違いによって、読者は意味を理解するのである。

だが、この書が二代将軍足利義詮に献上されたとなると、その意味合いは政治性を帯びてくるだろう。どういうことか。『源氏物語』に関する注釈書を献上される将軍という存在も、武家執奏と同様に正統的権威性を帯びるようになったということである。

南朝の源氏学・耕雲・足利義持

似たようなことは、南朝でも起こっていた。四代将軍足利義持には心の友と言ってもよい僧侶が二人いた。一人は政僧三宝院満済《さんぼういんまんさい》（一三七八〜一四三五）、もう一人は南朝の元内大臣花山院長親《かざんいんながちか》、出家後子晋明魏《ししんみようぎ》、別号耕雲《こううん》（?〜一四二九）である。耕雲は義持に近侍し、伊勢参拝にも同道して紀行文（『耕雲紀行』）も遺しているが、古典学にとって一等意義深いのは、南朝の源氏学の成果（長慶《ちようけい》天皇『仙源抄《せんげんしよう》』、耕雲本『源氏物語』など）を義持に命じられて写し、献上していることである。勅撰集の執奏をしなかった義持も、南朝の源氏学には大いに関心をもっていたのである。むろん、これもやはり准摂関というべき将軍の権威向上になるという政治的な思惑に拠るものであったろうが、それでも、謙虚に南朝の古典学を受容しようとしている態度はなかなかのものではなかろうか。ある意味で、文化における南北朝合一こそが、秘められた義持の目的だったかもしれないのである。

定着していた古典的公共圏

南北朝動乱、加えて、観応の擾乱がなかったら、室町幕府の基盤はさらに強化されていたかもしれないが、南北朝合一を果たした義満の頃には、ついこの間まで内乱が続いていたことが嘘のように平和な社会がもたらされた。だが、南北朝期にも和歌・古典学を核に置いた古典的公共圏は全く衰えることなく、連歌も加えて、完全に定着していたのである。

(3)　応仁の乱前後と古典的公共圏

「室町の平和」の終わり

足利義満によって確立した室町幕府は、義持・（父義持よりも早世した義量）を経て義教政権の途中くらいまではなんとか繁栄を維持したが、嘉吉《かきつ》の乱（一四四一）で義教が赤松満祐《みつすけ》

（一三七三〜一四四二）に暗殺されてから、次第に下り坂となった。実質的に跡を継いで一四四九年に八代将軍となった義政（七代義勝《よしかつ》〈一四三四〜一四四三〉は在位一年で死去）は、守護大名のお家騒動に加え、還俗《げんぞく》させた弟義視《よしみ》（一四三九〜一四九一）と義政息義尚が後継をめぐって山名《やまな》氏対細川《ほそかわ》氏の対立に発展し、ついに、応仁元年（一四六七）、一一年に亘る応仁の乱が勃発した。[*11]

かくして、南北朝合一によって生まれた、義満の確立した「室町の平和」は七五年で終焉を迎えたのであった。

応仁の乱前の古典的公共圏

義持が義満死後幕府の権力を掌握して死ぬまでの二〇年間は、勅撰集の武家執奏はなかったものの、後小松院の主催する歌壇は盛んであり、義持はその中心人物の一人であった。[*12]義持の周囲には、耕雲他、義満の死によって出家を遂げたものの、和歌の家としての飛鳥井家を飛躍的に発展させた飛鳥井雅縁《まさより》（宋雅《そうが》、一三五八〜一四二八）、冷泉持為《もちため》（一四〇一〜一四五四）、正徹《しょうてつ》（一三八一〜一四五九）といった錚々《そうそう》たる歌人・歌学者が揃っており、皆が場所を得て活躍していた。勅撰集は撰集されなかったとはいえ、歌会はたびたび催され、古典的公共圏は盤石《ばんじゃく》のまま推移していたのである。

次の義教～義政時代においても事情はさして変わらなかったが、古典学において、三人の注目すべき古典学者が出た。一人は、今川範政《のりまさ》（一三六四～一四三三）、もう一人が前出の正徹である。三人目は五〇〇年に一人と称された一条兼良となる。

まずは、今川了俊を大叔父にもつ範政は、一四三二年に『源氏物語提要《げんじものがたりていよう》』を完成した。同書の特徴は、『源氏物語』を独自の方法でダイジェストしたところである。これまで、語句・和歌の注釈があったのだが、この手の注釈はなかったのである。しかも、兼良が完成した『源氏物語年立《としだて》』（＝光源氏年表）の先駆的な形も示している。兼良が参考にした本であったことは間違いない。

次いで、一四三二年に将軍義教は、細川持春《もちはる》（一四〇〇～一四六六）、山名熙貴《ひろたか》（?～一四四一、嘉吉の乱で義教と一緒に殺された）、一色《いっしき》持信《もちのぶ》（?～一四三四）ら近臣の他、飛鳥井雅世、尭孝《ぎょうこう》（一三九一～一四五五）といった歌人を引き連れて、富士遊覧する。むろん、狙いは、鎌倉府足利持氏《もちうじ》（一三九八～一四三九）を圧迫牽制するためだが、範政は、義教の陣に参り、義教と和歌の贈答があった（『富士御覧記《ふじごらんき》』）。室町将軍はほぼ全員歌人でもあるが、義教は、『新続古今集』の執奏者でもある。富士遊覧は文化的な意味でも京都の将軍の優位性を顕示する行為でもあったのである。

次は正徹である。正徹も出自が不明な歌人である。だが、冷泉派の歌人として、義持時代は将軍との関係もよかったが、義教時代に冷遇され、『新続古今集』には一首の入集もなかった。その後、義政時代に関係が修復され、『源氏物語』講義を将軍家に行うなど、現存部分だけでも一万首以上を誇る『草根集《そうこんしゅう》』という家集を遺す一方で、古典学者としても活躍した。

歌学については、『正徹物語』がある。そこで一等強調されているのは定家への深い傾倒である。正徹は室町期の定家になりたかったようなのである。よって、難解な和歌が多いが、幽玄なる美学用語の定着など、和歌・古典学に与えた影響は絶大なものがあった。

最後に、兼良である。長寿であった兼良は応仁の乱真っ盛りの時も、避難した奈良にあって古典研究を続けていたが、応仁の乱以前では、『源氏物語和秘抄《わひしょう》』（一四四九）、『源氏物語年立』（一四五三）、『日本書紀纂疏《さんそ》』（一四五五～一四五七）、『伊勢物語愚見抄《ぐけんしょう》』（一四六一年初稿、一四七六年再稿）が重要である。

『源氏物語』に用いられる和語の説明を『河海抄』は漢語で行ったが、これを和語でやったのが『源氏物語和秘抄』である。なあんだ、それって同語反復（トートロジー）になるだけではないか、と思われるが、実際、部分的にはそうなっている。しかし、兼良には、仏教（インド）＝儒教（中国）＝神道（日本）という三教（＝三つの宗教）が一致するという強固な観念があった。三教が一致すれば、仏教における梵語、儒教における漢語、神道における和語も一致することになる。よって、今から見ると、論理的に破綻しているが、和語を和語で説明することの正当化ができたのである。多分に『河海抄』を超えようとしていた所産かと思われるが、ある種の言語論的転回をしようとしたと言ってもよい。

　そして、『源氏物語』の年表（正編＝光源氏《ひかるげんじ》、続編＝薫《かおる》）である『源氏物語年立』は、『源氏物語』五四帖を全体的に見る視点を持ち込んだ画期的な書物である。その前に『源氏物語提要』があるとはいえ、それを整備して完成させたのが兼良であった。なお、『年立』は本居宣長が修正版を出すまで活用され続けたのである。

　源氏学・「源氏注」以外では、超越的言説に充ち溢れていた「伊勢注」を抜本的に変革した『伊勢物語愚見抄』、『日本書紀』を三教一致的観点から注釈した『日本書紀纂疏』は「日本紀注釈」の中でも、他の注釈とは完全に一線を画していた。

応仁の乱後の古典的公共圏

応仁の乱は主として京都を戦場にした結果、京都の屋敷・仏閣・神社そして、御所までも焼き尽くした。[*13] 前述したように、足利義政が勅撰集執奏を断念したのは、二つの和歌所が焼失し、勅撰集を編纂する場所がなくなってしまったからでもあったのである。

それでは、古典的公共圏はどうなったのか、完膚なきまでに破壊されたのか。否、そうではなかった。次々に復活を遂げていったのである。まずは、兼良の乱後の活動から見ておこう。

兼良の注釈活動

兼良は応仁の乱で、書庫でもあった桃花坊《とうかぼう》を焼失し、大乗院《だいじょういん》門跡であった息尋尊《じんそん》（一四三〇～一五〇八）を頼って奈良に避難した。そこで、一四七二年に、『河海抄』と並ぶ『源氏物語』注釈である『花鳥余情』を完成した。一四七七年に乱が終息したので、京都に戻るが、乱後の注釈と言えば、おそらく奈良在住時代の仕事と思われる、『古今集』注釈である『古今集秘抄』（一四七六）がある。兼良は一人で、『日本書紀』・『古今集』・『伊勢物語』・『源氏物語』の注釈を成し遂げたのである。このような人は、近世の北村季吟以前には兼良しかいない。

また、二条良基以降、連歌は和歌と並ぶ文芸となったが、連歌には寄合詞《よりあいことば》という前句と付句を連想させていく言葉がある。兼良には『連珠合璧集《れんじゅがっぺきしゅう》』（一四七六年頃）という著作もある。ここで集められた寄合詞は九〇七例である。連歌の宗匠たる宗祇（一四二一～一五〇二）でも二〇〇くらいしか集めていないのである。兼良という知の巨人は何をやっても徹底していたのだ。

古今伝授の始まり

和歌宗匠の家としての二条家はどうなったか？　一四〇〇年、交際していた明《みん》国出身の宮廷女房を殺した二条為右《ためみぎ》は流罪になったところで、義満の手によって謀殺された。これによって、家としての二条家は断絶したのであった（**図1**）。

となると、二条家ではなく二条派という和歌の流派の方が重視される事態となり、二条為世の弟子であった頓阿が正統的二条派の後継者ということになり、頓阿の曽孫である尭孝《ぎょうこう》こそが頓阿の二条派説を継承した歌人であるということになった。それを知って尭孝の弟子になったのが東常縁《とうのつねより》（一四〇一～一四八四?）という武将歌人である。応仁の乱の勃発後、常縁は、義政の命を受け、堀越《ほりごえ》公方《くぼう》であった義教息足利政知《まさとも》（一四三五～一四九一）側に立って、古河《こが》公方足利成氏《しげうじ》（一四三四／三八～一四九七）と戦っていた。

そうした情報を耳にした宗祇は、常縁を訪ねて三島に出向き、文明三年（一四七一）に常縁から『古今集』講義を受けた。これが古今伝授のはじまりである。その後再度講義を受けた宗祇は、常縁の講義を『古今集《こきんしゅう》両度《りょうど》聞書《ききがき》』（一四七一～一四七二）としてまとめた。宗祇の狙いも常縁の古今集講義・注釈に頓阿説が入っていたからであった。*14

こうして出現したのが「二条派」を名乗る人たちである。常縁の古今伝授を受けた宗祇は、それを根拠に、三条西実隆（一四五五～一五三七）に伝授し、弟子の牡丹花《ぼたんげ》肖柏《しょうはく》（一四四三～一五二七）に伝授した（『古聞《こぶん》』にまとめられている）。

以後、実隆→公条《きんえだ》（一四八七～一五六三）→実枝《さねき》（一五一一～一五七九）と子・孫に伝授が行われ、三条西家は二条派正統となった。実枝は公国《きんくに》（一五五六～一五八八）が幼かったので、武将歌人細川幽斎に伝授し、幽斎はその後公国が早世したので、公国の子実条《さねえだ》（一五七五～一六四〇）に返し伝授を行ったが、誠仁《さねひと》親王の息である智仁《さとひと》親王（一五七九～一六二九）の要請で、一六〇〇年に智仁は幽斎から古今伝授を受け、それを一六二五年に後水尾院《ごみのおいん》（一五九六～一六八〇）に伝えた。こうして、宮中の和歌的権威を高め、財政をも潤した「御所伝授」が始まったのである。いつのまにやら、古今伝授は正統的な古典学習と免許皆伝へと昇華したのである。

とはいえ、もともとは、常縁が宗祇に伝授したものである。その行為には、さして、権威がそこまであったとも思われない。しかし、三条西実隆に宗祇が伝授してから権威をもつようになった。これは何を物語るか。古典的公共圏にとっては、二条家といった家も重要だが、それほどではない。二条派を名乗る人たちが古今伝授によって正統派になる、これが決定的に重要なのである。ここに古典的公共圏の柔軟さとしぶとさを見て取ってもよいだろう。

他方、宗祇の弟子肖柏は、饅頭《まんじゅう》屋《や》林《はやし》宗《そう》二《じ》（一四九八～一五八一）に伝授した（「奈良伝授」）他、堺《さかい》の商人にも伝授し（「堺伝授」）、その後、地下《じげ》歌人の間にも広まっていったのである。

だが、この古今伝授が始まったのは、応仁の乱が真っ盛りであった一四七一年であったことをここで改めて強調しておきたい。宗祇の超人的な頑張りのおかげであるとはいえ、ある意味で、応仁の乱が起爆剤となって、古今伝授なる行為を惹起させたとは言えないだろうか。

宗祇と実隆

その後、古今伝授を受けた宗祇は、三条西実隆に近づいていく。実隆の日記『実隆《さねたか》公《こう》記《き》』

には宗祇が在京中にはほとんど毎日のように登場する。宗祇は何をしているのか。むろん、和歌・連歌に関する話もあるだろうが、当時における最高の知識人である実隆に対して、地方の武将の依頼による色紙作成、『源氏物語』の写本作成などのビジネス向けの用件での来訪がかなりあったのだ。また、月に三度も連歌会・和歌会を催す（夜は必ず宴会がある）実隆は始終手元不如意であった。そうした時、宗祇が金策を講じ、金を貸してくれる人の紹介や実隆の蔵書の買い手捜しなど色々と助けてくれるのである。いわば、宗祇は、実隆にとって和歌・連歌・古典学の師弟関係を超えた同志であるとともに、実隆のフィナンシャル・プランナーでもあった。宗祇がいない時は弟子の玄清《げんせい》（一四四三〜一五二一）などが代行した。宗祇や玄清らが仮にいなかったとしたら、実隆はとっくに破産していただろうことは間違いない。

とはいえ、実隆と宗祇は持ちつ持たれつの関係を維持して、この時期の古典的公共圏を守り、拡大していったことを忘れてはならない。宗祇の一生は、最期の地が箱根であったように、旅に次ぐ旅の生涯であった。宗祇は山口であれ、関東であれ、越後であれ、そこで連歌会を開くばかりではなく、古典講義を行い、かつまた、実隆らが写した写本を現地に運んでいた。時には、現代の手形に近い「紙入れ銭」も運んでいたという。宗祇は、京の金融業者である土倉《どそう》や商人とも顔見知りであり、地方の守護大名や武将とも同様である。宗祇が「紙入れ銭」を運ぶことは、宗祇によってそれが本物であるという信用が担保されるので、こうした仕事もしていたのであろう。だから、宗祇とは、学芸を職業にした最初の人と言えるのであるが[*15]、宗祇をはじめとする連歌師の存在抜きにしては、地方における古典的公共圏の発展は望めなかったことだけは確実である。

さらに加えれば、宗祇以降、『源氏物語』の本文は青表紙本が優位になる。それは宗祇が正徹以上に定家を崇拝していたからである。むろん、そこには、宗祇の出自がはっきりしないので、定家にすがって自己の存在をアップさせたいという野望もあったろうが、ともかく、宗祇は、定家撰とされていた『百人一首』（最近、否定されている。否定説が定説となるだろう）・定家作『詠歌大概《えいがたいがい》』に注釈を施し、両著を古典としたのである。ここに新たな古典が登場した。『百人一首』は近世爆発的な人気を誇り、かなりの数の注釈書が現れるが、万事、宗祇のおかげである。

他方、都にいる実隆は、宗祇らとの連携を深めながらも、精力的に和歌詠作、古典学、有職故実研究などに打ち込んでいた。家集としては三玉集の一つ『雪玉集《せつぎょくしゅう》』（他撰、一五三七）は八二〇〇首、自撰家集である『再昌《さいしょう》』は五六三九首を数える。どちらにせよ、正徹以降として質量ともにトップであろう。古典学としては、「源氏注」としての『弄花抄《ろうかしょう》』（肖柏著、実隆補、一五一〇）、『細流抄《さいりゅうしょう》』（実隆述、公条記、一五二二～一五三四）がある。これは息公条の『明星抄《みょうじょうしょう》』（一五三九頃）に引き継がれ、いずれも実隆の血を引く九条稙通《たねみち》（実隆の外孫、一五〇七～一五九四）『孟津抄《もうしんしょう》』（一五七五）、中院通勝《なかのいんみちかつ》（実隆の外曽孫、一五五六～一六一〇）が細川幽斎の協力を仰いで完成した中世注釈の集大成『岷江入楚《みんごうにっそ》』（一五九八）へと成長していった。次に、「伊勢注」は、実隆の講義を清原宣賢《きよはらのぶかた》がまとめた『伊勢物語惟清抄《いせいしょう》』（一五二二年の講義）があり、それは、細川幽斎の『伊勢物語闕疑抄《けつぎしょう》』（一五九六）に継承発展させられているのである。応仁の乱以降、古典学に携わるものは、実隆の学統に関係しないでいることは不可能であったのだ。[16]

飛鳥井雅親（栄雅）の古今注

一方、飛鳥井家は、二条家・冷泉家と比べて遅れてきた歌の家であった。よって、歌書の蔵書数も少なかったようである。[17]だが、飛鳥井家には、他の和歌の家にない特技があった。蹴鞠《けまり》である。和歌と蹴鞠という二つの武器を用いて飛鳥井家は次第にランクを上げていった。その後、二条家が断絶して、和歌の家が冷泉家と飛鳥井家だけとなった。遂に、飛鳥井家は雅世の時に、『新続古今集』の撰者となったのである。

雅世の息雅親《まさちか》（栄雅《えいが》、一四一七〜一四九二）は、義政執奏の勅撰集の撰者に後花園院《ごはなぞのいん》から下命されていたが、応仁の乱で撰集が中止となった。とはいえ、実隆ともども、和歌好きの次期将軍義尚の和歌師範としても活動し、義尚が主催した『将軍家三十番歌合』（一四八一）、『将軍家百番歌合』（一四八二）の判者となるなど、歌壇の中心にあった。なお、義尚は、近江で没したため、未完成のまま放置されたが、『撰藻鈔《せんもしょう》』という勅撰集に取って代わる大規模な私撰集（＝「打聞」）を構想していた。

さて、雅親は、『古今栄雅抄《こきんえいがしょう》』という『古今集』注釈を遺している。実際には、義政への『古今集』講義を後代の人がまとめたものらしいが、『古今栄雅抄』の特徴は、注釈の冒頭で当該歌の当時における現代語訳ともいえる解釈を施した後、前代の注釈である定家『僻案抄』、顕昭・定家『顕注密勘《けんちゅうみっかん》』を上手にまとめていることである。簡単に言えば、実に明快な注釈なのである。常縁・宗祇の『古今集両度聞書』が原則問答体になっているために、「義明らか也」（深い意味はない）といったぶっきらぼうな注釈があるのに対して、『古今栄雅抄』は初心者にとって圧倒的に分かりやすく詠作にとっても有益な指摘のある注釈書であった。ここに、二番手で生きる飛鳥井家のしたたかな戦略を見ることができよう。

古典書写運動の隆盛

応仁の乱時の天皇は後土御門《ごつちみかど》天皇（一四四二〜一五〇〇）である。この天皇から後奈良《ごなら》天皇（一四九七〜一五五七）までの三代は譲位もできず、天皇家の歴史で最も貧しい天皇たちであった。それ以前、南北朝の光厳天皇から中宮《ちゆうぐう》・春宮は存在せず、院政のみ続いていたが、ここに来て、それもなくなったのである（全面復活は後水尾院からである）。

むろん、これも応仁の乱がもたらした貧困であった。後土御門天皇など死去の後、葬儀費用がなく、四〇日に亘って、遺体が置かれたままとなったのである。しかし、後土御門天皇は、応仁の乱で焼けてしまった古典籍の書写運動を呼びかけ、実隆など廷臣他、摂関家までこぞって書写に邁進《まいしん》した。後花園院の父貞成親王が足利義教に贈った『玉葉集』もこの時借り出されて書写されている（同本の最善本である）。

こうしてみると、京都中を焼き尽くしたと言われる応仁の乱は、破壊の限りを尽くしたが、他方、それが起爆剤となり、古典復興に繋がったのである。否、古典的公共圏にとって、破壊行為は決して和歌・古典を抹殺したりしない。逆に古典を復興させる方に向かうのである。

(4)　戦国期——天下統一と古典的公共圏

三人のキーパーソン

将軍を足利義視の息義材《よしき》（一四六六～一五二三）に代えて、足利政知の息義澄《よしずみ》（一四八一～一五一一）をもってきた、明応《めいおう》の政変（一四九三）以降を戦国時代と呼ぶ説があるが、変以後守護在京制もなくなり、全国の分権化が進むので、それほど間違った見解ではないだろう。

戦国時代は、織田《おだ》信長《のぶなが》（一五三四～一五八二）から豊臣《とよとみ》秀吉《ひでよし》（一五三七～一五九八）を経て徳川《とくがわ》家康《いえやす》（一五四三～一六一六）で最終的に終わりを告げるが、その間、信長による朝倉《あさくら》・浅井《あざい》家滅亡、足利義昭《よしあき》追放、武田《たけだ》家滅亡といった天下統一の戦争があり、それを継いだ秀吉も家康とは和睦《わぼく》したものの、ほぼ全国を統一した。晩年は朝鮮出兵まで行った。家康は、秀吉家臣を分裂させて、関《せき》ヶ《が》原《はら》合戦で西軍の石田《いしだ》三成《みつなり》（一五六〇～一六〇〇）を倒し、幕府開府後は、一六一五年、大坂夏の陣で豊臣家を滅ぼして、天下太平の世を実現した。

信長から家康まで、戦国大名間の戦争を加えれば、まさに戦国時代にふさわしい戦乱の世ではあったが、応仁の乱でも滅びなかった古典的公共圏はやはり継続していた。但し、戦国大名には、今川義元《いまがわよしもと》（一五一九〜一五六〇）のように、少年時、五山で修行し、漢詩・和歌他公家並みの教養を備えていた大名もいたけれども[18]、足利将軍などに比べると、全般的に教養レベルは低下した面は否めない。また、茶や能という新しい芸が加わったことも、和歌・古典の比重を低くしたことも疑いない。とはいえ、この時期には三人の強力な古典学者が現れた。

細川幽斎の文事

細川幽斎《ほそかわゆうさい》については、既に古今伝授などで紹介しているが、ここでは、幽斎が、管領《かんれい》細川家とは氏素性で関係がなく、一三代将軍義輝《よしてる》の内談衆《ないだんしゅう》からスタートし、学芸も当初は連歌だけであったが、長じるとともに、和歌・古典学にも精通するようになったことをまずは押さえておきたい。成長する文人だったのである。[19]

信長の死（天正《てんしょう》一〇〈一五八二〉年六月二日）後、幽斎は、丹後田辺《たんごたなべ》城から上京し、信長追善の連歌会を開く傍ら、三条西家を訪れ、兼良著で実隆書写の『源語秘訣《げんごひけつ》』を写している。その七年後には、再び三条西家を訪れ、『河海抄』と『花鳥余情』を借り出し、『河海抄』は女房などを総動員して写し、『花鳥余情』は幽斎単独で写している（ともに永青文庫蔵）。その他、幽斎書写の写本はかなりの数に上る。

かくも幽斎は古典に嵌《は》まっていたのである。加えて、幽斎著の注釈書は前述もした『伊勢物語闕疑抄』の他、『古今集註』、『源氏物語歌註』、『源氏物語弁』という三書、そして、宗祇を承《う》けて『詠《えい》歌《が》大《たい》概《がい》抄《しょう》』、『百人一首抄』と徹底している。これも幽斎の注釈の一部に過ぎない。歌学書には幽斎述、烏《からす》丸《まる》光《みつ》広《ひろ》記の『耳《じ》底《てい》記《き》』があり、私家集には『衆《しゅう》妙《みょう》集《しゅう》』がある。

細川幽斎（1534〜1610）

幽斎こそこの時期の最大の文人であり、関ヶ原合戦は東軍に属したため、丹後田辺城を西軍に包囲されながら、古典伝授を受けていたことで、後《ご》陽《よう》成《ぜい》天皇が発した、幽斎がいなくなると古今伝授の伝統が途絶えるとの宣旨によって、解放された人物でもあった。さらに言えば、足利義輝→義昭→信長→秀吉→家康と常に勝ち馬に乗る判断力＝政治力も抜群であった。本能寺《ほんのうじ》の変の後、明智《あけち》光秀《みつひで》（一五二八頃〜一五八二）に加勢せよと迫られて、すぐに出家して、やんわりと拒絶したのはその一例である。そして、見事、畳の上で死んだのである。

幽斎の盟友——中院通勝

中院通勝は大臣家という公家の中では三番目の家格であり、一五七九年に正三位《しょうさんみ》権中納言に上ったものの、翌年、宮中で密通事件を起こして、正親町《おおぎまち》天皇から勅勘《ちょっかん》の措置をとられ、丹後の幽斎のもとに身を寄せた。通勝の勅勘が解かれるのは一五九九年であるから、約二〇年間、通勝は幽斎と行動をともにし、幽斎を師として和歌・古典研究を続けた。幽斎にしてみても、正統派貴族の通勝の存在はいいものであったに違いない。

通勝の伝記は、日下《くさか》幸男《ゆきお》『中院通勝の研究——年譜稿篇・歌集歌論篇』[*20]が周到を極めているので、それに譲り、ここでは、通勝の古典学について述べておきたい。まずは『岷江入《みんごうにっ》楚《そ》』であろう。前述したように、中世までの「源氏注」の集大成がこれである。本書を通勝は幽斎の協力を得ながら、勅勘が解ける一年前の一五九八年に完成している。同書の特徴は、注釈の行き着く先である「諸説集成」になっていることである。語釈について、「河」（『河海抄』）、「花」（『花鳥余情』）、「弄」（三条西実隆の『弄花抄《ろうかしょう》』）、「秘」（三条西公条説）、「箋」（三条西実枝の『山下水《やましたみず》』と中院通勝自身の聞書）、「或抄」（連歌師猪苗代長珊《いなわしろちょうさん》〈生没年未詳〉の『長珊聞書《ちょうさんききがき》』）と注釈の出典が明記されているのである。これをざっと見るだけでも、二大注釈としての『河海抄』、『花鳥余情』を承けて、主として三条西家の源氏学の全貌、そして、最後に、連歌師長珊の聞書まで把握できるのである。この書があったことで、中世注釈のいいとこ取りともいうべき北村季吟『源氏物語湖月抄』が生まれたとも言いうる。

その他、通勝は色々な人に源氏講義をしていた。その一人が加賀前田家の武士浅井左馬《あざいさま》（生没年未詳）である。[*21] 浅井左馬は通勝の源氏講義を聴き、通勝に一条兼良の『源語秘訣』の書写をしてもらっている。『源氏物語』を含む古典や和歌を愛した武将は、室町〜戦国期においても能登守護畠山義総（一四九一〜一五四五）や大内氏（持世《もちよ》・教弘《のりひろ》・政弘《まさひろ》・義興《よしおき》・義隆《よしたか》）、今川氏（氏親《うじちか》、氏輝《うじてる》・義元）といたけれども、通勝の時期になると、さらに多く出現したのである。そのような要請に対して、通勝は誠実に応えていたのである。

連歌師紹巴の文事

この時期の写本の書写者は、幽斎、通勝、そして、里村紹巴《さとむらじょうは》のものが目立つ。近世における地下歌壇を創始したと言ってもよい松《まつ》永貞徳《ながていとく》（一五七一～一六五四）の『戴恩記《たいおんき》』で師として挙がっているのが、上記三人と九条稙通であった。その中で紹巴は連歌師であり、歴史上では、明智光秀が主催した連歌『愛宕百韻《あたごひやくいん》』の連衆《れんじゅ》（＝参加者）でもあり、この時期の連歌師としては珍しく有名である。明治から今日に至るまで国語教育では連歌はほぼ無視されてきたが、南北朝から江戸初期まで連歌は和歌と並んで社交の道具として皆に愛されていた。そうした中で、紹巴は連歌の宗匠として君臨し、短気ですぐに怒る人間だったようだが、実に敬愛された連歌師であった。

里村紹巴（1525～1602）

紹巴の事跡と伝記については、奥田勲《おくだいさお》『連歌史　中世日本をつないだ歌と人びと』[*22]が最も詳しい。奈良に生まれたことは確かであるが、出自は一切不明である。詳細は省くものの、さまざまな機会に恵まれ、また本人の精進もあり、ライバルであった連歌師宗牧《そうぼく》（？～一五四五）の息宗養《そうよう》（一五二六〜一五六三）が早世した結果、連歌師のトップに立った。彼の強みは人間関係（三条西公条、三好長慶《みよしながよし》〈一五二二〜一五六四〉、細川幽斎、明智光秀、豊臣秀吉、島《しま》津《つ》家久《いえひさ》〈一五四七〜一五八七〉、豊臣秀次《とよとみひでつぐ》〈一五六八〜一五九五〉、但し、秀次追放・自刃《じじん》の後、秀吉によって蟄居《ちっきょ》を命じられて挫折したが、その後復帰した）を見れば分かるように、当代文化人・権力者との深い繋がりであった。加えて、松本麻子《まつもとあさこ》が主張するように、凡庸な句をよりよくする付句を付けて場を盛り上がらせて、参加者を満足させる技もあったのだった。[*23]

紹巴は百韻だけで六〇〇になんなんとする堂々たる連歌師としての実績があるが、連歌師とは、宗祇以降、同時に古典学者であった。公条の源氏講義をまとめ自説を付した『紹巴《じょうは》抄《しょう》』（一五六三年頃）をはじめ、「伊勢注」、「百人一首注」、「詠歌大概注」、「和漢朗詠集注」といった業績をもつ。そして、弟子である松永貞徳を通じて、連歌・和歌・古典の世界をこれまで古典に触れられなかった地下の人たちに開いていく先駆者となったのである。

戦乱と和歌・連歌・古典

以上、中世における古典的公共圏の展開をやや長い尺度で見てきた。戦乱と束の間の平和が交錯する時代であったが、和歌・古典学、さらに、途中から参入してきた連歌は一度も衰退しなかったのである。逆に戦乱が激しくなるにつれ、自分たちのルーツを確保するものとして、復興し、以前にも増して盛んになったのであった。

そこに、古典的公共圏の強みを見ることは可能であるが、一条兼良が『源氏物語』に理想の王朝世界を幻視したように、既に古典的存在（見える形での平安王朝）が喪失してしまった室町期において、和歌・連歌・古典はそれらを補ってくれるもののみならず、生き、交流し、創造する原動力となったのである。でなければ、錚々たるメンバーがあれだけ熱中するはずはなかったであろう。叶うことなら、実隆と宗祇、公条と紹巴の交流の世界に分け入ってみたいものである。

＊1　呉座勇一『戦争の日本中世史』（新潮選書、二〇一四年）
＊2　永井晋『鎌倉幕府はなぜ滅びたのか』（吉川弘文館、二〇二二年）
＊3　平雅行『鎌倉仏教と専修念仏』（法藏館、二〇一七年）
＊4　藤井雅子『中世醍醐寺と真言密教』（勉誠出版、二〇〇八年）

＊5　伊藤聡『中世天照大神信仰の研究』（法藏館、二〇一一年）

＊6　山本ひろ子『中世神話』（岩波新書、一九九八年）

＊7　中野三敏『寝惚先生文集　狂歌才蔵集　四方のあか』解説（新日本古典文学大系、一九九三年）

＊8　小川剛生『兼好法師』（中公新書、二〇一七年）

＊9　二条良基については、小川剛生『二条良基研究』（笠間書院、二〇〇五年）、同『二条良基』（吉川弘文館、二〇二〇年）を参照

＊10　松本大『源氏物語古注釈の研究：『河海抄』を中心とした中世源氏学の諸相』（和泉書院、二〇一八年）

＊11　呉座勇一『応仁の乱　戦国時代を生んだ大乱』（中公新書、二〇一六年）

＊12　井上宗雄『中世歌壇史の研究　室町前期〔改訂新版〕』（風間書房、一九八四年）

＊13　桜井英治『室町人の精神　日本の歴史一二』（講談社学術文庫、二〇〇九年）

＊14　長谷川千尋「東常縁の歌学における常光院流の継承」（日下幸男編『中世近世和歌文芸論集』、思文閣、二〇〇九年）

＊15　廣木一人『室町の権力と連歌師宗祇――出生から種玉庵結庵まで』（三弥井書店、二〇一五年）

＊16　芳賀幸四郎『三条西実隆』（吉川弘文館、一九六〇年）、宮川葉子『三条西実隆と古典学』（風間書房、一九九五年）

＊17　小川剛生「飛鳥井家の家学と蔵書」（同『中世和歌史の研究　撰歌と歌人社会』所収、塙書房、二〇一七年）

＊18　小川剛生「戦国大名と和漢聯句――駿河今川氏を中心に」（『国語国文』八七、二〇一八年）

*19　森正人・鈴木元編『細川幽斎　戦塵の中の学芸』（笠間書院、二〇一〇年）
*20　日下幸男『中院通勝の研究――年譜稿篇・歌集歌論篇』（勉誠出版、二〇一三年）
*21　長坂成行『篠屋宗礀とその周縁』（汲古書院、二〇一七年）
*22　奥田勲『連歌史　中世日本をつないだ歌と人びと』（勉誠出版、二〇一七年）
*23　松本麻子「紹巴連歌の特長」（『日本文化研究ジャーナル』8、二〇一八年）

第五章

古典的公共圏の繁栄

――古典の王国だった近世日本

(1)　近世と古典の深い縁

無視される近世の和歌古典学

国語教育で取り上げられる近世文学史、および、日本史教育における近世の位置づけとはどのようなものだろうか？

まず、国語教育では、俳諧の芭蕉《ばしょう》（一六四四〜一六九四）、浄瑠璃《じょうるり》の近松門左衛門《ちかまつもんざえもん》（一六五三〜一七二五）、浮世草子の井原西鶴《いはらさいかく》（一六四二〜一六九三）といった元禄《げんろく》文学、そして、後期に入ると、『古事記伝』の本居宣長《もとおりのりなが》を中心とした国学が触れられて、文化文政《ぶんかぶんせい》期前後の読本の上田秋成《うえだあきなり》（一七三四〜一八〇九）、曲亭馬琴《きょくていばきん》（一七六七〜一八四八）、戯作《げさく》の山東京伝《さんとうきょうでん》（一七六一〜一八一六）、柳亭種彦《りゅうていたねひこ》（一七八三〜一八四二）、俳諧の与謝蕪村《よさぶそん》（一七一六〜一七八四）、狂歌・川柳の大田南畝《おおたなんぽ》（一七四九〜一八二三）あたりで終わりとなるのではないだろうか。

注意すべきは、古典・歴史・言語を対象とする国学以外は、いずれも近世に生まれた文学ジャンルであるという事実である。しかも、そこには歌人が一人もいない。これでは、近世は中世とは全く違う世界なのだと思ってしまう人が出てくるだろう。

次に、日本史教育における近世・江戸期とは、徳川幕藩体制のことであり、将軍を中心にした幕府政治、および、将軍に臣従する大名たちが行う藩政治、それらを前提として、士農工商という身分制度で縛られながらも、次第に商人が力をもつようになり、享保《きょうほう》・寛政《かんせい》・天保《てんぽう》の三大改革を実行したものの、幕府は衰えていき、遂に幕末の内乱を経て、明治維新を迎えるという幕府衰退史観のストーリーで論じられていく時代である。

むろん、町人の成長や百姓一揆、そして、幕末あたりに盛んになる「ええじゃないか」などの暴動的な事態にも触れているが、幕府なるものが、鎌倉幕府、室町幕府を見据えながら、正統的な政権として重視されているのに対して、京都の朝廷は、「禁中《きんちゅう》並《ならびに》公家《くげ》諸法度《しょはっと》」か、後水尾《ごみのお》天皇（一五九六〜一六八〇）の紫衣《しえ》事件くらいでしか登場しない。まあ、ほぼ無視といったところである。近世・江戸期で登場する天皇と言えば、後水尾天皇と幕末の孝明《こうめい》天皇（一八三一〜一八六七）くらいのものであろう。中世に中絶した朝儀を復活して朝廷の権威を増したばかりか、最後の院政を敷いた光格《こうかく》天皇（一七七一〜一八四〇）など名前も出てこないのである。[*1]

誤解を招かないために言っておくが、文学史および日本史教育の近世・江戸期の把握はどちらも間違ってはいない。おおむね、国民的理解に近いものだろう（国民的理解が教育および小説・ドラマによって作られている可能性があるとしても）。だが、一つ大事なことが忘れられている。近世・江戸期とは、実は和歌・古典学、さらに中世以来の連歌、連歌の発展形態である俳諧がすこぶる盛んだったという歴史的な事実である。それを初期と末期の大名たちの例で示しておこう。

脇坂安元という古典好きの武将

関ヶ原合戦で西軍に属しながら、石田三成を裏切ったのは小早川《こばやかわ》秀秋《ひであき》（一五八二〜一六〇二）だけではない、脇坂《わきさか》安治《やすはる》（一五五四〜一六二六）・安元《やすもと》（一五八四〜一六五四）父子も裏切っていた。そのために、戦後、改易《かいえき》を免れ、安元は伊予《いよ》大洲《おおず》藩二代目藩主を経て信濃《しなの》飯田《いいだ》藩初代藩主となった（その後養子安政《やすまさ》は龍野《たつの》藩主となり、脇坂家は明治維新に至っている）。大坂夏の陣でも活躍した安元はれっきとした戦国武将であり、戦乱の中を生き抜いてきた凄腕の人物である。

その一方で、安元には、歌集（『八雲愚草《やくもぐそう》』、号である八雲軒《やくもけん》にちなむ）がある他、『八雲愚草』から知友との漢詩和歌の唱和を抜き出した『八雲藻《やくもそう》』もあるように、堂々たる歌人であり、かつ、この時代にしては珍しいが、名だたる蔵書家《ぞうしょか》であった。古書マニアの間では「八雲軒本」として今なお珍重されるコレクションがそれである。現存している『脇坂中《わきさかなか》務少輔書目録《つかさのしょうゆうしょもくろく》』（『八雲軒脇坂安元資料集』[*2]）を見ると（付言すれば、これは全蔵書の目録ではない）、『延喜式《えんぎしき》』から始まり、『源氏物語』、『万葉集』他和漢仏の古典的書物が蒐集《しゅうしゅう》されていた。

それでは、安元を和歌・古典に引き寄せた動機は何なのだろうか。安元が生きた時代は、前章においてやや詳しく論じた細川幽斎が大活躍した時期に相当する。武芸のみならず、和歌・連歌・古典学、さらに古今伝授まで受けていたのみならず、茶に至るまで、当時の人が身につけたい素養を全部身につけていたのが幽斎であった。多くの武将にとって、いわゆる憧れの武将像が幽斎だったに違いない。おそらく、安元も幽斎にあやかったのか、憧れたのか、和歌を詠み、やはり堂々たる蔵書家（幽斎関係の蔵書は、細川家の文庫である永青文庫に収められている）であった幽斎に倣《なら》って蔵書家になったのではあるまいか。ともかくも、安元にとっては武芸と和歌・古典学は矛盾なく両立していたのだ。

榊原忠次と松平忠房

こうした武将は安元に限らない。さらに二人を挙げてみたい。まずは徳川四天王の一人榊原康政《さかきばらやすまさ》（一五四八〜一六〇六）を出した榊原家を継承するために、大須賀《おおすが》家から養子に入り、幕府において大政参与《たいせいさんよ》にまで上った姫路《ひめじ》藩主榊原忠次《ただつぐ》（一六〇五〜一六六五）である。忠次もまた蔵書家として著名だったが、ここでは、古典学への貢献として、『続作者部類《ぞくさくしゃぶるい》』（一六四六）、『武家百人一首』（一六六〇年跋《ばつ》）を編纂していることを挙げておこう。まず、『続作者部類』は、最後の三つの勅撰集である『新拾遺集』・『新後拾遺集』・『新続古今集』の作者を分類したものである。『作者部類』が『古今集』から『新千載集』までしか扱っていなかったので、その続編を完成させたのである。かなり手間のかかる作業だったはずである。次に、『武家百人一首』は、足利義尚の『新百人一首』を承けたのか、経基王《つねもとおう》〜足利義《よし》高《たか》（＝義澄）の詠を選び『百人一首』同様に、一人一首で武家の百人一首としたものである。詠者は武将・武家だが、和歌の内容は伝統的なものであり、武士らしさなどというものはない。武将歌人としてのアイデンティティーをそこに求めた可能性もあったのではないか。

そして、忠次の古典的書物を通じた盟友と言えるのが島原《しまばら》藩主松平忠房《まつだいらただふさ》（一六一九〜一七〇〇）であった。忠房が蒐集した古典籍は約九〇〇〇部である（肥前《ひぜん》島原松平文庫所蔵）。いずれも忠房を示す印記《いんき》（「尚舎《しょうしゃ》源忠房」）があり、その印記は榊原忠次印を模したものであった。また、著作に及ぶと、連歌懐紙《かいし》もあるが、『信長記《しんちょうき》』を増補した『増補信長記』が代表作となろうか。なお、林《はやし》羅山《らざん》（一五八三〜一六五七）の息、林家二代目の鵞峰《がほう》（一六一八〜一六八〇）の『国史舘日録《こくしかんにちろく》』には忠房が和歌を詠じた記録が残されている。鵞峰と忠房の知的交流も深いものがあった。鵞峰は「和書の忠房」としてその蔵書の質と量を褒めている。

大坂夏の陣からそれほど経っていないこの時期に、榊原忠次・松平忠房といった武将にして和歌・古典を愛した大名がいたことは、近世・江戸期に対するありきたりのイメージを崩し、変換するためには恰好の事例であろう。

教養と人格に関係はない

ここで幕末に移る。この時期において嫌われ者大名を挙げるとすれば、一に井伊《いい》直弼《なおすけ》（一八一五〜一八六〇）、二に島津《しまづ》久光《ひさみつ》（一八一七〜一八八七）となるのではないだろうか。吉田《よしだ》松陰《しょういん》（一八三〇〜一八五九）や橋本《はしもと》左内《さない》（一八三四〜一八五九）らを処刑した安政《あんせい》の大獄《たいごく》を断行し、桜田門外《さくらだもんがい》の変で水戸藩士たちに暗殺された井伊直弼、次いで西郷《さいごう》隆盛《たかもり》（一八二八〜一八七七）とことごとく対立し、兄斉彬《なりあきら》（一八〇九〜一八五八）と対比され、保守反動の大名として知られた島津久光である。

だが、この二人には共通するものがあったのだ。それは、井伊の茶・国学・和歌、久光の歴史・古典・和歌というように、両人ともに近世期の最後を締めくくるにふさわしい文人大名だったという紛れもない事実である。

ここでは、久光の学問・文事を見ておきたい。鹿児島大学附属図書館には「玉里文庫《たまざとぶんこ》」という文庫がある。久光が創設した文庫である。そこに収められている、久光編纂になる作品では、『通俗国史』八六巻の他、後水尾院の和歌などのアンソロジーである『五玉和歌集《ごぎょくわかしゅう》』、『八代集作者考』、『歌書』（全三巻）の他、漢詩の韻を考察した『韻字叢《いんじそう》』（全五巻）などがある。むろん、久光の家集である『歌集』（全三巻）もある。

さらに、久光が書写した古典的書物も収められているのである。どのような書物を久光が書写したのか。『古今集』上下、『後撰集』上下、『拾遺集』上下、『新古今集』上下、『三体《さんたい》詩《し》』、八代集やその他の古典も書写したと考えられるが、久光は、井伊直弼と並ぶ、幕末を代表する学識豊かな教養人、文人大名なのであった。

久光がそのような教養人になったのは、母お由羅《ゆら》が町人の娘だったからだとも言われてきたが、その程度の劣等感で人はここまで勉強をしたりはしない。やはり、大名としては、このくらいの古典知をもっていなければ、一人前ではないという、洋学に向かっていた兄斉彬とは異なる強い使命感が、そこまでの学問好きにしたのではあるまいか。加えて、久光は心底学問や詩歌が好きだったのだろう。異常とも言える熱情がそこには感じられるからである。

井伊直弼の茶については、『茶湯一会集《ちゃのゆいちえしゅう》・閑夜茶話《かんやちゃわ》』が岩波文庫[*3]にあるのでそれなりに知られているが、久光の古典に対する尋常ならざる没頭ぶりは近代直前における古典的公共圏の最後の栄華として記憶してしかるべきであると思われる。それははたして狂い咲きだったのか。

とはいえ、古典的教養の深さとその人物の性格のよしあしは、簡単に言ってしまうと、全く関係がないことをここで強調しておきたい。私たちは、えてして古典的を含めた教養を人格形成と結びつけて考えがちであり、学校教育でも教養人＝いい人・人格者というように教えているのではないか。

平安末期の藤原頼長《ふじわらのよりなが》（一一二〇〜一一五六）は、「悪左府《あくさふ》」と呼ばれたすこぶる個性的な人物である。この場合の「悪」とは強い、あるいは、強引なくらいの意味である。実際に、頼長は、裁判において、自分から見て有罪の被告人が無罪になった場合、配下あるいは愛人の武士を使って暗殺などもしていたのだ。だが、その一方で、頼長は、この当時、敵対した藤原信西《しんぜい》（一一〇六～一一六〇）と並び称せられる大学者であった。日記『台記《たいき》』の年末にはその年読んだ漢籍を並べていた。類書『太平御覧《たいへいぎょらん》』（全一〇〇〇巻）を頭から読もうとしたのが頼長である。

教養と人格は、昔も今も実のところさして関係がないのである。独創的なマルクス主義者であった福本《ふくもと》和夫《かずお》（一八九四～一九八三）の息邦雄《くにお》（一九二七～二〇一〇）は、自民党のフィクサーとして君臨し闇の世界にも通じていた。しかし、他方で、画商を営むことから分かるように美術については一流の目利きであり、短歌・歌人評論もこなす相当な教養人でもあったのだ。

そこから出てくる結論は、繰り返しになるが、教養と人格とは原則関係がないということである。但し、教養を身につけておくと、自分の正体や本音を隠すのには役立つこともあるだろう。また、皆と和歌や連歌を詠んでいたら、参加者との対立状況を緩和させることができるという美点もあるだろう（故に室町期の武士たちは集まると、すぐに連歌を巻く）。これは礼儀・言葉遣いにも通じる教養の力である。なんと言っても、相手から敬意をもたれる時点で相手に対して交渉が有利に運べるのではないか。

よって、頼長・直弼・久光・邦雄は教養あるワルだったということである。生き方の達人である幽斎も同様であった。なお、一六世紀のイタリア・フィレンツェにいた偉大なる教養人であるニコロ・マキャヴェッリ（一四六九〜一五二七）は、『君主論』を書いたわりにはワルになりきれなかった人物と言ってもよいだろうか。

(2)　近世前期の古典学

近世の二つの時期

本論に入りたい。近世の和歌・古典学については、大きく二つの時期を想定できるので、以下、時代的に、①**近世前期の古典学**、②**近世後期の古典学**と分割して論じることにしたい。①は、江戸開府から元禄時代あたりまでを指す。対する②は、元禄以降だが、主として本居宣長が確立した国学、松平《まつだいら》定信《さだのぶ》（一七五九〜一八二九）およびその影響下にあった大名文化圏、そして、公家でも大名でも寺社でもないのに蔵書家・文人を生んだ文化文政時代について考えていくことにする。

近世はいつから始まるのか

関ヶ原合戦の三年後の慶長《けいちょう》八年（一六〇三）に江戸幕府は開かれた。だが、すぐさま近世が始まったわけではない。新しい時代を迎えるためには準備期間が必要なのである。それはよく六〇年と言われるが、近世が正しく近世になったのは、早くてもだいたい六〇年後の万《まん》治《じ》・寛文《かんぶん》頃（一六五八〜一六七三）であり、名実ともに確立したのはほぼ元禄期（一六八八〜）からであると見てよいだろう。それは、開府から八五年も経って、漸く近世特有といえる文化・風俗・社会システムが定着・展開したからに他ならない。

それでは、元禄にいたるまでの時期は何だったのだろうか。これも結論から言えば、室町・戦国・安土桃山時代の余韻がそのまま残っていた時代だったということである。文化的には、中世の古典的公共圏が継続しており、平和になったとはいえ、武士の暴力的な行動や性格・気質も多くはそのままであった。幕府が武断政治から文治政治に変わるのは五代将軍徳川綱吉《つなよし》（一六四六〜一七〇九、将軍在位一六八〇〜一七〇九）期からである（**図7**）。まさに元禄期が近世の最初の分岐点だったのである。それまでは、中世的な古典的公共圏と武士本来の暴力的な特性が共存していたのだ。

図７　徳川幕府将軍略系図

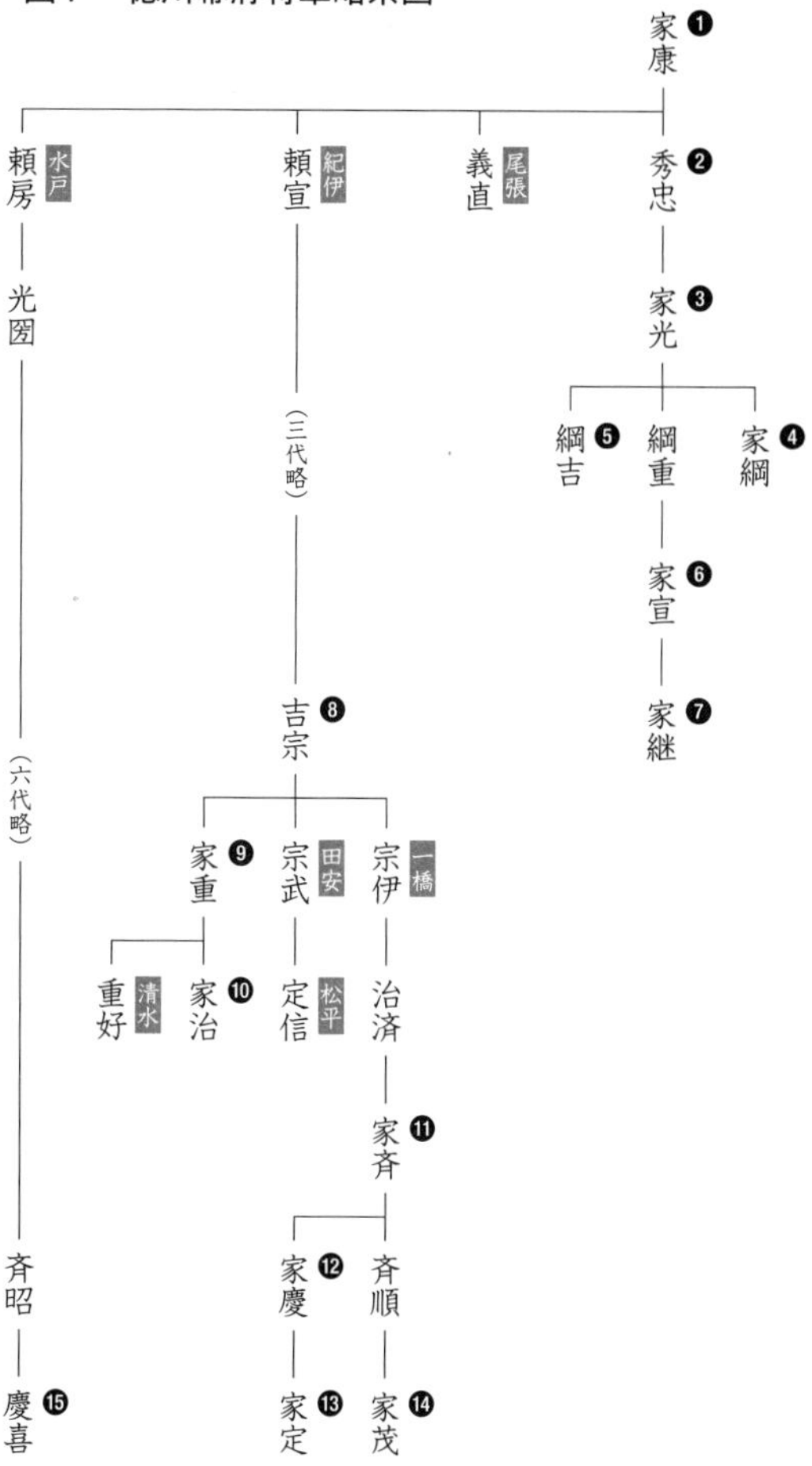

この時期の武士像について、渡辺浩《わたなべひろし》が引用している、ある武士の辞世の歌が参考になる。[*4]
それはこんな歌であった。

口惜しや畳の上ののたれ死に目出た過ぎたる御世《みよ》に生まれて
（残念だなぁ、畳の上で野垂れ死にとは、素晴らしすぎる御世に生まれたおかげで）

この狂歌のごとき辞世の歌は、戦国期の武士の生き方、生きがいを示してあまりある。武士とは、『平家物語』に記されているように、戦場でよき敵と出会い、戦って勝つもよし、負けるもよし、戦場で死ぬことが最高の死に方と考え願う人たちのことなのである。関ヶ原合戦で三成の家来であった島左近《しまさこん》（?〜一六〇〇）は、数々の伝承によれば、壮絶な戦死を遂げたとのことだが、それ故に、伝説化し、近世武士の憧れの対象となったのである（その次の憧れの対象はおそらく赤穂浪士《あこうろうし》であっただろう）。

武士とは本来畳の上で死ぬ存在ではなかった。しかし、平和の世となったおかげで、彼らは生きる意味を失いかけていたのである。そんな時、脇坂安元・榊原忠次・松平忠房、少し遅れて、『大日本史』の水戸光圀（一六二八〜一七〇一）、膨大な蔵書（「尊経閣蔵書《そんけいかくぞうしょ》」、現尊経閣文庫所蔵）を誇った前田《まえだ》綱紀《つなのり》（一六四三〜一七二四）といった大名たちは、武よりも文を選択したという点で、平和な時代への対応あるいは変身が素早かった、言ってみれば、彼ら文人大名は、当時にあってはまだ例外者、あるいは、時代の先駆け的存在であったのだ。

近世の画期性——出版業の発生

書物に関して、近世が前代とは決定的に異なるのは、前述したように、書物が商品として売買されるようになったこと、版画と同様の整版によって、同じ内容の書物が大量に印刷できるようになったこと、この二点である。

中世においても、いくつかの大寺社では整版の印刷物（「春日版」、「高野版」など）があったけれども、それらは主として宗教上の理由によって印刷され、檀家《だんか》・信者に配布されたものであった。断じて売買の対象となる商品ではなかった。しかし、近世・江戸期に入ると、商業出版が生まれ、簡単に言えば、お金を出せば、目的の書物が手に入るようになったのである。

これは画期的あるいは革命的な変化であった。というのも、室町期に生きて古典・古典学を学ぼうとしたならば、前述したように、古典学の殿堂であった三条西家（実隆・公条・実枝）あたりと縁をつけなければ、古典・古典学を学ぶことはできないし、学びの条件である古典的書物やその注釈書すらも入手できなかっただろう。

それでは、学びたい人と三条西家あたりとを誰が媒介していたのか？　これは、前述の通り、宗祇をはじめとする連歌師たちであった。たとえば、学びたい人が地方にいたと仮定して、三条西家と直接交流がもてない場合を考えてみよう。地方在住の学びたい人＝知的探究者たちにしてみれば、時折、京都から下ってくる連歌師たちと縁を結ばなければ、やはり古典的書物や注釈書を手に入れることのみならず、連歌師による古典講釈を受講することもできなかったのである。

ここに見られる、室町的な複雑な縁の世界（読者→誰かの紹介→連歌師たち→三条西家、三条西家→連歌師たち→誰かが媒介か直接に読者）を経ずとも、近世においては、書肆《しょし》に赴きお金を出せば、書物が手に入るようになったのだ（通信販売もあった）。これが近世という時代の画期性である。このことが古典の普及にどれだけ貢献したか、想像するまでもあるまい。

スタートとしての古活字版

江戸期における出版については、最初の少部数の古活字本、それから整版本となる。古活字本とは、朝鮮と西洋から伝わった活字を組んで本にするというもので、初期には、慶長勅版（後陽成天皇、慶長二年〈一五九七〉の『錦繡段《きんしゅうだん》』『勧学文《かんがくぶん》』、同四年〈一五九九〉の『日本書紀神代巻』『古文孝経《こぶんこうきょう》』『大学』『中庸』『論語』『孟子』『職原抄《しきげんしょう》』、同八年〈一六〇三〉の『白氏五《はくしご》妃曲《ひきょく》』、『長恨歌琵琶行《ちょうごんかびわこう》』）、元和《げんな》勅版（後水尾天皇、元和七年〈一六二一〉の『皇朝事宝類苑《こうちょうじほうるいえん》』）といった漢籍・日本紀・有職故実の書物を勅版で刊行したものが著名だが、いずれも技術的な問題があり少部数であった。

また、民間においても嵯峨本（慶長一三年〈一六〇八〉刊『伊勢物語』）から始まり、その後、多様なジャンルの書物が古活字版で出版された。『源氏物語』、『方丈記』、『大和物語』、『大鏡《おおかがみ》』、『増鏡《ますかがみ》』といった日本古典、『保元物語』、『平治物語』、『源平盛衰記』、『平家物語』、『承久記《じょうきゅうき》』、『太平記《たいへいき》』、『義経記《ぎけいき》』、『曾我《そが》物語』といった軍記他、漢籍、仏書、医書などである。[*5]

とりわけ、軍記などはこれでジャンルとして確立したような錯覚さえ覚える。平和な時代になり、軍記が活字出版される。過去をしっかりと振り返ろうとした所産であろうか。それとも、軍記なるものが準古典になっていく契機となったのであろうか。

とはいえ、手間がかかるのに加え、さまざまな技術的な問題によって、少部数しか出版できないために、古活字版が社会に広く普及したとは断じて言えなかった。社会に書物を普及させたのは、寛永《かんえい》年間（一六二四～一六四四）以降の整版による出版のものである。なにしろ整版ではどのような字体にも対応ができ、絵や図も自在に入れることができることと、版木さえあれば大量印刷が可能であることが圧倒的な強みであったからである。

整版による古典出版の隆盛

ここでは、整版により出版された古典的書物の代表的なものを寛永五年（一六二八）から寛文一〇年（一六七〇）まで挙げてみたい。[*6]

寛永五年（一六二八）　『和漢朗詠集』
六年（一六二九）　『和漢朗詠集註』、『伊勢物語』
七年（一六三〇）　『徒然草』
八年（一六三一）　『百人一首抄』
一一年（一六三四）　『伊勢物語闕疑抄《けつぎしょう》』
一二年（一六三五）　『八雲御抄』

一四年（一六三七）『題《だい》林《りん》愚《ぐ》抄《しょう》』（大八冊）
一五年（一六三八）『古今和歌集抄』
一六年（一六三九）『小倉百人一首』
一九年（一六四二）『愚問賢注』
二〇年（一六四三）『土佐日記』、『万葉和歌集』（大二〇冊）
正保二年（一六四五）『つれ〴〵草』
三年（一六四六）『たけとり物語』
慶安二年（一六四九）『徒然草鉄《てっ》槌《つい》』、『枕草子』
四年（一六五一）『袖《しゅう》中《ちゅう》抄《しょう》』（大二〇冊）、『源氏物語大略』（大一二冊）
五年（一六五二）『六百番歌合』（大一〇冊）
承応四年（一六五五）『八代集』（大一六冊）
明暦四年（一六五八）『徒然草古今鈔』、『徒然草古今大意』
万治三年（一六六〇）『源氏物語』（横三〇冊）、『百人一首大成』
寛文二年（一六六二）『徒然草野槌』
三年（一六六三）『萬《ばん》水《すい》一《いち》露《ろ》』（大六二冊）

五年（一六六五）『夫《ふ》木《ぼく》和《わ》歌《か》抄《しょう》』（大三七冊）
八年（一六六八）『伊勢物語抄』（大一一冊）
九年（一六六九）『藻《も》塩《しお》草《ぐさ》』（大一〇冊）
一〇年（一六七〇）『雪玉集』（大一八冊）

その後も元禄年間まで古典出版は続くが、最初の四〜五年くらいまででほぼ代表的な古典は整版で出版されていることがここから分かるだろう。一等新しい古典である『徒然草』などはすぐさま注釈書が出ていることも知られる。[*7] 人気があった証拠である。

とはいえ、『題林愚抄』（大八冊）、『万葉和歌集』（大二〇冊）、『源氏物語大略』（大一二冊）、『六百番歌合』（大一〇冊）、『八代集』（大一六冊）、『源氏物語』（横三〇冊）、『萬水一露』（大六二冊）、『夫木和歌抄』（大三七冊）、『雪玉集』（大一八冊）といった大部な書物も出版されていることは注目に値する。というのも、かかる大部な書物が売れていた、ないしは売れる可能性があったということを示しているからだ。文人大名が登場したように、平和になった近世・江戸期はちょっとした古典ブームが起きていた、否、古典的公共圏の拡大が読者層の増大によって実現したということである。その理由は、前述したように中世的な古典的公共圏がそのまま継続しており、なおかつそれに憧れていた人たちが古典的書物を簡単に手に入れられるようになったからであろう。平和と出版業のもたらした成果である。

季吟と磐斎

加えて、こうした傾向に一等寄与したのが北村《きたむら》季吟《きぎん》と加藤磐斎《かとうばんさい》（一六二五～一六七四）の古典注釈出版であろう。彼らはともに、『徒然草』の注釈書『なぐさみ草』（一六五二）や『源氏物語聞書』を著した歌人・俳人にして近世における地下《じげ》歌壇の創始者であった松永貞徳の弟子であった。堂上《とうしょう》（貴族世界）ではない地下（民間世界）に和歌・古典を最初に普及させたのが貞徳である。

そこで、季吟・磐斎が編纂した古典注釈書の代表作を挙げておこう。

【季吟】

寛文元年（一六六一）　『土佐日記抄』

七年（一六六七）　『徒然草文段抄』

一一年（一六七一）　『和漢朗詠集註抄』

延宝元年（一六七三）『源氏物語湖月抄』

二年（一六七四）『枕草子春曙抄《しゅんしょしょう》』

八年（一六八〇）『伊勢物語拾穂抄《しゅうほしょう》』

天和二年（一六八二）『八代集抄』

貞享三年（一六八六）『万葉拾穂抄』

元禄一二年（一六九九）『古今教端抄』

【磐斎】

万治三年（一六六〇）『伊勢物語初冠』

寛文元年（一六六一）『徒然草抄』

二年（一六六二）『百人一首抄』

二年（一六六二）『新古今増抄』

八年（一六六八）『伊勢物語新抄』

九年（一六六九）『三部抄増註』

九年（一六六九）『百人一首増註』

延宝二年（一六七四）　『清少納言枕草子抄』
　　二年（一六七四）　『長明方丈記抄』

一六六〇年から一六九九年にかけて今日でも古典として通っている代表的な書物の注釈が行われていることがここから了解されるだろう。このうち、季吟の『源氏物語湖月抄』は、大正期まで、『源氏物語』を読むとは即ち『源氏物語湖月抄』を読むものだと決まっていた源氏注釈の代表である。頭注、本文＋傍注、脚注、補注と懇切丁寧なこと極まりない（後述する自学自習書の先駆けでもある）。

その注釈は中世注釈のいいとこ取りである。ここに古典注釈とはおおむね諸注集成に向かうのだが、諸注集成を超えた利便性ある注釈書の登場こそ近世古典学の最初の精華と言うべきだろう。『源氏物語湖月抄』くらい便利で役に立ち、『源氏物語』の読解も容易になる源氏注釈書はいまだに出ていないのではなかろうか。

後水尾院の和歌と古典

さて、松永貞徳は、『戴恩記』という自伝的書物で前述した四人の師について記している。

九条稙通、細川幽斎、中院通勝、里村紹巴の四人である。このうち、細川幽斎は、前述したように、一六〇〇年に八条《はちじょう》宮《みや》智仁《さとひと》親王（誠仁親王息）に古今伝授を行い、智仁は寛永二年（一六二五）に後水尾天皇に古今伝授をして、東常縁・宗祇から始まった古今伝授は、三条西家を経て、幽斎に繋がり、遂に宮中に入ることになった。つまり、古今集および古典の正統的な学問伝授となったのである。

後水尾天皇は以下に示すように「御所伝授」を始めるが、寛永六年（一六二九）に退位して上皇となってから、和歌・古典復興運動を本格化させていく。「御所伝授」もその一つである。これがいわゆる寛永文化の始まりである。[*8] その中心にいたのが言うまでもなく後水尾院であった。[*9] 院は、近世における堂上歌壇の再興者であり、言ってみれば、和歌を近世において再度栄光ある地位に引き上げて、近世和歌を領導したのである。[*10]

その間、院は明暦三年（一六五七）に妙法院《みょうほういん》門跡《もんぜき》尭然《ぎょうねん》法親王《ほっしんのう》（後陽成天皇息、一六〇二～六一）、聖護院《しょうごいん》門跡《もんぜき》道晃《どうこう》法親王《ほっしんのう》（後陽成天皇息、一六一二～七九）、岩倉《いわくら》具起《ともおき》（一六〇一～一六六〇）、飛鳥井《あすかい》雅章《まさあき》（一六一一～一六七九）に古今伝授をし、次いで、寛文四年（一六六四）には後西《ごさい》天皇（一六三八～一六八五）、日野《ひの》弘資《ひろすけ》（一六一七～一六八七）、烏丸《からすまる》資慶《すけよし》（一六二二～一六七〇）、中院《なかのいん》通茂《みちしげ》（一六三一～一七一〇）にも古今伝授がなされて、これらの人々が近世初期堂上《とうしょう》歌壇（＝公家歌壇）の中心人物となった。また、「万治御点《まんじおてん》」（一六五九〜一六六二）として知られる、廷臣《ていしん》らの和歌の添削を院が行っており、若手の歌人を育てていったのである。[*11]さらに、院の撰集としては、『円浄《えんじょう》法皇御自撰和歌』、『一字御抄《いちじみしょう》』、『類題和歌集』がある。その中で『類題和歌集』は二万九四〇〇首あまりを集めた壮大な類題集である（元禄一六年〈一七〇三〉に全三一巻で刊行された）。ここからも院の和歌に対するあふれるばかりの熱意が窺われるだろう。そして、院には自らの講釈を土台にした古典注釈書もあった。『古今集聞書』、『百人一首抄』（寛文元年〈一六六一〉の講義）、『伊勢物語御抄』（明暦二年〈一六五六〉の講義）などである。

後水尾院（1596〜1680）

　こうして見ると、和歌・古典学における後水尾院の存在の大きさが知られるが、この時期、後水尾院の堂上歌壇とほぼ並行するように、松永貞徳の弟子である望月長孝《もちづきちょうこう》（一六一九〜一六八二）、平間長雅《ひらまながまさ》（一六三六〜一七一〇）を経て、有賀《ありが》長伯《ちょうはく》（一六六一～一七三七）が出てきて、地下歌壇（＝民間歌壇）も盛り上がってきたことも押さえておきたい。なお、望月長孝には『古今仰恋《こきんぎょうれん》』（一七〇二以前）という、後述する契沖《けいちゅう》著『古今余材抄《こきんよざいしょう》』と並ぶレベルの古今注がある。

要するに、天皇家・公家・門跡を中心とする堂上もそれ以外の地下も近世前期は和歌・古典学はともに隆盛の勢いにあったということである。言ってみれば、前期から近世は古典の王国だったということである。

ナショナリズムと無縁の古典学

私たちは、近世の古典学と言えば、すぐに、次節で詳述する国学を連想し、国学のもつナショナリスティックな主張と古典を結びつけがちであるが、近世前期の古典学には、そのような傾向は皆無であった。榊原忠次、松平忠房、後水尾院は和歌・古典と同時に、漢籍も大事にしていた。彼らの古典観念は室町期とほぼ変わらない。加えて、後水尾院は時期によるとはいえ、和歌以上に機会を見つけては、相国寺《しょうこくじ》住持である鳳林承章《ほうりんじょうしょう》（一五九三～一六六八）などを呼んでしばしば和漢聯句を巻いていた。和漢聯句・漢和聯句、和漢俳諧、漢和俳諧などである。院および当時の歌人たちの身につけていた教養の中に宋学（＝朱子学）があった。これまたよく誤解されるが、宋学と和歌・古典学とは全く矛盾する関係になかったのである。たとえば、「格《かく》物《ぶつ》致《ち》知《ち》」という宋学で重視する徳目は、近世初期においては、あらゆる個別・具体的な面（＝物、たとえば和歌・漢詩なども含む）に格《いた》り、儒教的な最上の知に致すことを可能にしてくれる魔法の言葉だったのである。[12]

私見によれば、「古典日本」が成立した一〇世紀には定着したと思われる和漢の古典観念は、室町期において禅宗が伝えた宋学によって、「和漢」の構図から「漢和」の構図に変わり、これがそのまま近世の宋学・漢学・漢詩ブームの火付け役になったのであるが、[13]そうした「和」としての和歌・古典と「漢」としての漢詩・宋学・史学、両者が合わさった「和漢聯句」「漢和聯句」等に見られる相互の関係は良好であり、どちらかを上としたり、下としたりする発想は乏しかったのである。

だが、こんな時期に水戸光圀の『大日本史』編纂が立ち上がってくるのであるから、既に一部においてはナショナリスティックな主張は用意されつつあったと言えるだろう。しかし、近世前期においては、まだ純然たる古典好き、和歌好きがいて、妙なイデオロギーに侵されていない、すこぶる健康な時代だったのである。

(3) 近世後期の古典学

前触れとしての契沖古典学

先にも少しだけ触れたが、契沖という古典学者がいた。生きた時代は、北村季吟とほぼ重なり、二人は同時代人である。名前から分かるように、真言宗《しんごんしゅう》僧侶であった。だが、契沖は、同時代の古典学者とは別の道を歩んでいた。しかも、誰について学んだわけでもない。全くの独学で新しい古典学を構築していったのである。

現在、契沖は国学の先駆者と言われているが、最初の著作である『万葉代匠記《まんようだいしょうき》』（一六九〇）は、『万葉集』注釈における金字塔である。これは、友人であった下河辺長流《しもこうべちょうりゅう》（一六二七?～一六八六）を通じて水戸光圀からの依頼で著されたものであった。光圀は、『大日本史』編纂のために、古典籍や古典の注釈書、さらに安藤為章《あんどうためあきら》（一六五九～一七一六）といった和学者（前期国学者とも）を集めていたのである。その一環が『万葉代匠記』ということだ。

なお、為章は『紫家七論《しかしちろん》』（一七〇三）を著し、『源氏物語』において光源氏と藤壺《ふじつぼ》の密通、さらに、不義の子を天皇に即位させたことをはじめて問題にし（結果的には皇統の血は穢《けが》されていないとするものの）、後代、宣長から徹底批判されることとなったいわくつきの和学者だが、『万葉集』の研究をしていた時に、契沖の『万葉代匠記』を知り、以後、契沖の弟子となっていた。

ここで契沖の学問の特徴を述べると、『万葉代匠記』、その方法を土台にして、著述された『百人一首改観抄《かいかんしょう》』や『古今余材抄』に一貫するのは、徹底した用例比較に基づく実証主義である。そこには、中世的な密教的超越解釈や宗祇の古今注・百人一首注に典型的な詠者の心に寄り添って解釈するといった非実証的な方法は徹底的に批判の対象となった。しかも、その批判の言辞は容赦がないほど激しいものであった。

とはいえ、どちらかといえば、予定調和的あるいは、新たに注釈をする場合には、幽斎のように、前説を肯定しつつ少しだけ自分の意見・考えを加えるという中世的な注釈方法が契沖によって大きく変えられたことはやはり強調してもよいだろう。注釈の革新だからである。

しかしながら、契沖にあってもナショナリズムは希薄である。彼は自身の学的誠実さと合理性・実証性に懸けただけであった。それが真言宗という密教僧侶によって成し遂げられたということは、近世という時代の奥深さを感じさせないだろうか。

そこで、以下では、まず国学の問題、次いで松平定信《まつだいらさだのぶ》（一七五九～一八二九）を中心とする大名文化圏、最後に文化文政期における古典学の隆盛を近世後期の古典的公共圏の表れとして論じていくことにする。

(4) 国学のもたらしたもの――契沖の系譜と変容

真淵と宣長

契沖の亡き後、契沖の影響を受けた学者に賀茂真淵《かものまぶち》がいる。契沖の跡を継いで『万葉集』研究に献《ささ》げた人生であったが、江戸では、御三卿《ごさんきょう》にして歌人・文人だった、将軍吉宗の息、田安宗武《たやすむねたけ》（一七一五～一七七一）に仕え、江戸期において『万葉集』の魅力を最も広めた人物である。それは明治になって正岡子規によって短歌改革運動に継承される。歌風も田安家出仕頃から万葉風一色になっていった。

そうは言いながらも、真淵には「松坂の一夜」で初めて出会った（論争を含む往復書簡はかなりあったが）本居宣長のようなナショナリズムは窺えない。『古今集』風の堂上歌壇よりも万葉風の和歌をよしとして、また、「大和魂」を古代の清らかな心と捉えて（間違っているが）、古代を理想と仰いだに過ぎない。真淵にとっては理想の古代対穢れた現代の対比であった。

他方、真淵の主君であった田安宗武は後で触れる松平定信の父でもあるが、宗武も歌人として鳴らしたばかりではなく、『古事記』『伊勢物語』『百人一首』の注釈もしていた。文人大名と国学者のいい関係が作られていたのである。

本居宣長の偉大さ

契沖の跡を継いだもう一人は、真淵の弟子でもあった本居宣長である。宣長については、文芸批評を自立かつ確立させた小林《こばやし》秀雄《ひでお》（一九〇二～一九八三）が人生最後の対象とした[*14]ことがとりわけ興味深い。というのも、宣長が国学を自立かつ確立させたことと、小林の宣長論が連動するからに他ならない。小林は宣長を自分と同類の人間と思っていたのではないか。なにやら同じ内容を繰り返しているような叙述になっている『本居宣長』から感じられることは、それでも宣長に迫りたいという小林の知的営為の力である。こうしたややしつこいところも宣長と小林の類似性を感じさせるが、ともかくも、小林秀雄ほどの人物を共鳴させるほど、本居宣長とは単に国学の確立者といった狭い範疇を超えた大きな存在であったのだ。

宣長国学の二つの流れ

そのような存在である宣長の業績を網羅的に叙述することは、ここではしたくない[*15]。そうではなく、ここで問題としたいのは、近世後期の古典学あるいは古典的公共圏にとって、宣長の学問はいかなる意味があったのかということである。二つの論点から、この点について考えたい。

一つは、宣長のオリジナルというべき「漢意《からごころ》」排除とナショナリズム的な国学のもつ意味である。国学は、宣長に至り、その学問を自国主義＝ナショナリズムが貫くこととなった。この自国主義的国学の思考は、没後の弟子である平田篤胤《ひらたあつたね》（一七七六～一八四三）でさらに強化され、幕末維新の尊王攘夷思想に多大な影響を与え、明治初期の廃仏毀釈《はいぶつきしゃく》、戦前の教育において、天皇絶対主義者である宣長宣揚《せんよう》まで続いたのであった。

もう一つは、宣長の学問のもう一つの特徴である、契沖以来の実証的な方法を継承した、おとなしい、非思想的な国学である。やはり宣長没後の弟子である伴信友《ばんのぶとも》（一七七三〜一八四六）がその代表となろうか。こちらは六節で述べる文化文政時代の江戸の岸本由豆流《きしもとゆずる》（一七八九〜一八四六）・小山田与清《おやまだともきよ》（一七八三〜一八四七）・屋代弘賢《やしろひろかた》（一七五八〜一八四一）・大《おお》田南畝《たなんぽ》ら文人たちや全国に多く現れた国学者たちに流れていくのである。

本居宣長（1730〜1801）

たとえば、『今昔物語集』の最古写本である鈴鹿本を見ていた信友、伊勢神戸藩主の六男で著作も多く文人だった本多忠憲《ほんだただのり》（甲馬とも、一七七四〜一八二三）の邸で『旧本今昔物語』巻一九を見ている屋代弘賢と小山田与清とは通じ合う世界があるだろう。

むろん、宣長の国学の二つの方向が混ざり合っている学問や人もいただろうが、ともかくも、宣長以降、国学は大きく二つの流れになっていったことを押さえておきたいのである。ここで注目するのは、第一の「漢意」排除とナショナリズム的な国学の果たした役割である。

宣長の「もののあはれ」と自国中心主義

第一に、宣長国学の核心にある「漢意」を去って、大和魂（＝真心）に返るという思想について述べておきたい。やっかいなのが、この自国主義的な思想が宣長文学論のキーワードである「もののあはれ」あるいは「もののあはれを知る」と深く結びついていることである。宣長は『紫《し》文《ぶん》要《よう》領《りよう》』（一七六三）において、光源氏と藤壺の密通を批判する見解（儒者に多い）に対して、「又あひがたく人のゆるさぬ事のわりなき中は、ことに深く思ひいりて哀のふかき物なり（また、逢うことが難しく、世間の人が許さないと考えている人とのどうしようもない関係は、特に深く思い入って愛情が深いものである）」（『本居宣長全集』に拠る）と述べて、不倫しかも義母との不倫という世間的かつ儒教的に見れば、断固許されない行為においてこそ「もののあはれ」が至高の状態にあるとして、心から肯定したのであった。そこから、わざわざ『源氏物語』の作者は「もののあはれ」の窮極を描くために、この恋を記したと解釈したのである。これについては、現在では疑義があろうが、しかし、文学を倫理・道徳から解放した、自立させたとされる宣長の「もののあはれ」論は、近代以降の『源氏物語』研究を規定することとなってしまった。宣長の影はまだまだ継続しているのである。

だが、この「もののあはれ」という心情第一主義はそのまま「漢意」「仏意」を去って「大和魂」に付けという主張に重なってくるのである。儒教や仏教に侵されていない古代の真心こそが「もののあはれ」だからである。

そして、「もののあはれ」を解しない人間は人でなしともされたのである。[*16] どういうことか？「もののあはれ」とは人間の真情なのであるから、それが分からないのは、人情を解さない人でなしであるということになる。「もののあはれ」の怖さはそれが宣長流の倫理にもなっていたということであった。

こうした「もののあはれ」の根源にあるのは、儒教にも仏教にも穢されていない日本本来の「大和魂」であり、それが対外意識として表れたのが、『馭《ぎよ》戎《じゆう》慨《がい》言《げん》』（一七七八）である。宣長にあっては、中国と日本の関係が通常の儒学者とは逆転し、天皇が君臨する日本が中国どころか世界の中心に置かれていた。自国中心主義を超え出た排外主義となっているのである。幕末の尊王攘夷派の愛読書となったのも頷《うなず》ける話である。[*17]

ここで、宣長のかかる思想を古典的公共圏に絡めて総括しておきたい。それは、古典学と自国中心主義および排外主義とを連結したこと、これが古典的公共圏に対して宣長の果たした最大の役割である。と同時に、宣長に続く過激な国学者たちを陸続と生み出し、一部においては、幕末の尊王攘夷運動、明治初期の廃仏毀釈、さらに、天皇親政運動などに繋がっていったと思われる。だが、宣長はこうした展開を予測していただろうか？

ギリシアの「国学」

ここで海外の事例を一つ出しておきたい。近代ギリシアのナショナリズムがどうして生まれたかという事例である。オスマン帝国領内のギリシアにアダマンティオス・コライス（一七八四～一八三三）という人物がいた。ギリシア人は当時はルーム（正教徒、ローマ人）と呼ばれ、コライス自身もロメイ（ローマ人）と自己認識していた。つまり、この当時、「ギリシア人」という認識はなかったのである。

だが、コライスはアムステルダムに留学し、医学を修めた後、パリに移った。そこで、はじめてヨーロッパにおける古典ギリシア学と出会ったのである。このあたりを鈴木《すずき》董《ただし》『オスマン帝国の解体　文化世界と国民国家』[*18]はこのように叙述している。

　コライスは、異教時代の文献にすぎなかったギリシア古典を自らの文化的伝統の根源として再発見し、これまでギリシア系正教徒によって必ずしも十分に評価されていなかった古代ギリシアの古典の研究、紹介、刊行に努め始めた。まさに「国学」としてのギリシア古典学が開始されたのである。

ギリシアにおける「国学」の誕生と日本における国学の誕生はほぼ同時期である。しかも、古代を振り返り、自己のアイデンティティーをそこに求めたところからのナショナリズムも共通している。

そこから、国学的ナショナリズムは文化の中心から外れた地域に生まれやすかったと言えるのではないか。

三国・和漢と国学

ここで、話題は宣長に戻る。平安期から中世にかけて、日本においては、三国世界観（天竺＝インド、震旦《しんたん》＝中国、本朝＝日本）という世界観が支配的であった。加えて、前述したように、和漢（日本と中国）というもう一つの世界観がそれと並行していた。三国と和漢が絡むと、日本がどの位置にあるかが必ず問題となる。日本が三国の中で最下最悪とする考え方もあれば、日本とインドを同一化させて中国よりは上だとする考え方もあった。和歌＝陀羅《だら》尼《に》＝仏法論なども、ここに絡んでくる。

だが、宣長の思想には、三国世界観もなければ、和漢論もない。強いて言えば、三国を排し、和漢の漢を排して、独断的に日本の優越を説き、それが彼の国学と連動しているところに特徴がある。しかし、幕末においては、それはかなりのリアリティをもって、日本を襲ったのである。その是非を問うこと以上に、思想の力を思い知るべきであろう。

全国を行脚する国学者たち

最後に、宣長には五〇〇人を超える弟子や没後信友や平田篤胤のように弟子と称する人たちがかなりいた。彼らは全国を行脚して、大名に取り立てられたり、塾を開いたりしていたが、場合によっては、井伊直弼の国学の師匠である長野主膳《ながのしゅぜん》（一八一五～一八六二）のように、藩政・幕政にまで口を出す人間が現れた。とはいえ、大部分の国学者は、幕末明治の堀《ほり》秀成《ひでなり》（一八二〇～一八八七）のように、全国を行脚《あんぎゃ》する存在であった[*19]。

このような存在で気になるのは、中世において、日本に連歌・和歌・古典を普及させた連歌師である。近世初期の俳諧師も同様であろうか。もっと遡れば、西行、南北朝期の頓阿・兼好あたりも入ってくることになるだろう。古典的公共圏の基盤となり、末端を支えたのはかかる出自がはっきりしない人たちであった。その意味で、中世において顕密仏教を支えた聖のあり方と似た存在であったと言えよう。逆に言えば、このような人たちがいなくなっていくのが近代という時代でもあったのである。

たとえば、全国行脚はしなかったが、一生涯土佐にいた鹿持《かもち》雅澄《まさずみ》（一七九一～一八五一）などは一つの証例となりうるだろう。若き日の保田《やすだ》與重郎《よじゅうろう》（一九一〇～一九八一）が心酔した『万葉集古義』（没後、一八九一年刊行）を生涯を懸けて編纂した雅澄のような人物がそれなりに出たのが、国学以後の日本の古典学の世界なのであった。

(5)　松平定信と大名文化圏

定信という人物

松平定信は、御三卿の一人田安宗武の七男に生まれながらも五男までが早世し、事実上次男として育った。一時期は第一〇代将軍家治《いえはる》の後継として期待されたことがあったらしいが、一七七四年に白河藩《しらかわはん》松平家の後嗣《こうし》（養子）となり、一七八三年に藩主となった。その時、将軍の目はなくなった。

他方、一七八一年に家治の後嗣となった一橋家斉《ひとつばしいえなり》（一七七三～一八四一）が、一七八七年に一五歳で第一一代将軍となり、以後、五〇年間将軍として君臨、将軍を退いた後も四年間は大御所《おおごしょ》として事実上の院政を敷いた。

とはいえ、家斉の長大な五四年に亘った時代こそ、近世後期において最も文化が栄えた、ある意味で黄金時代でもあったのだ（そのつけは水野忠邦《みずのただくに》〈一七九四～一八五一〉の天保の改革、幕末幕政の混乱で払うことになるのだが）。もっとも家斉がやったことは、五〇人以上の子作り、大奥の充実、庭作りだけだったと言われたものだが。[*20]

当の定信は、才知と家柄を評価されて、家斉政権の発足と同時に、老中《ろうじゅう》首座となり、悪名高い寛政の改革（一七八七～一七九三）を断行したが、六年後、失脚して、元の大名に戻った。以後、この時代を代表する文人大名として生きることとなった。当時にしては遅い五四歳で隠居、楽翁《らくおう》と号して、死去するまで風雅の中で生きたのである。それは『花月草紙《かげつそうし》』（一七九六～一八〇三）に記された、上から目線による世情の観察からも明らかである。

定信の古典学

定信の数多い著作の中に、『源氏物語七部書写竟宴《きようえん》抄』（一八二二）なるものがある。定信は生涯において『源氏物語』を七回も書写しており、その記念で竟宴を行った記録である。ここからは推測ながら、島津久光の古典書写活動も、定信の影響の産物だったかもしれない。それだけ定信の大名に与えた文化的影響力には大きなものがあったのだ。その影響の範囲が幕末にまで及んでいると見てもそう間違いではあるまい。

松平定信（1758～1829）

さて、同書には、二十一代集を二度、八代集を三度、『万葉集』を二度、『六歌集』を三、四度、『徒然草』、『枕草子』、『栄華物語』などすべてで二百余部に及ぶ書写の記録が掲載されている[*21]。ただただ驚くべき、すさまじい書写量である。おそらく大名のみならず、公家・僧侶を加えても歴代一位の書写量は定信となるだろう。

定信サロンと大名文化

また、これは調査者からの伝聞であるという限定付きの情報だが、定信邸はさながらサロンとなっており、そこに集まる大名たちは自分のもっている写本などの貸借などをしていたというのである。たとえば、俊成の『古来風体抄』の同じ写本が東北の大名と九州の大名であったりしたとか。どちらかが借りて写したのだろうが、そのやりとりの場が定信邸であったようなのだ。

本章冒頭で近世初期の大名による古典学・古典籍蒐集を論じたが、大名文庫には、この時期に生まれたものもそれなりにあった。たとえば、豊後《ぶんご》臼杵《うすき》の外様稲葉家の文庫などがそうである。定信による寛政の改革以降、全国で藩校が生まれていくが（藩校では儒学と並んで和学＝和歌と古典も学んでいた）、実は大名文庫も生まれていたのである。学問振興と文庫創設は教育と学知の両輪だったのではなかっただろうか。その稲葉家では殿と家臣による歌集も編まれていたのだ。[*22]

定信の古典志向あるいは耽溺《たんでき》は、定信が屋代弘賢他の当時の学者や谷文晁《たにぶんちょう》（一七六三〜一八四二）のような絵師を集めて、一八〇〇年に第一次本を完成させた古物・古美術の木版図録集である『集古十種《しゅうこじっしゅ》』（一八五九点、その後増補されて全八五冊となった）を見るだけでも明らかだが、北村季文《きぶん》（一七七八〜一八五〇）の門弟となり、和歌も大量に詠んでいる（季文が序を寄せた『独《どく》看《かん》和《わ》歌《か》集《しゅう》』一一巻一〇冊、一八二六、『三草集』三巻三冊、一八二七跋他、歌集・歌合が多数ある）他、大量の古典を何度も写し、さらに、サロンを開催する、いわば、大名文化圏の中心であり、この時代の古典的公共圏の頂点に立っていたのが定信という文人大名だったのである。

(6)　文化文政期における古典学の隆盛

文人たちの饗宴

家斉の大御所時代を含めて五四年に及ぶ長すぎると言ってもよい治政は、初期の寛政の改革、定信の失脚などがあったにせよ、また、天保の改革必至の次第に弱りゆく幕府の財政事情などがあったものの、おおむね、天下太平の世であった。その間、さまざまな文人たちが現れたが、ここでは、江戸の古典学関係者に絞って論じてみたい。

登場人物は前述した岸本由豆流・小山田与清・屋代弘賢・大田南畝、さらに清水浜臣《しみずはまおみ》（一七七六～一八二四）、狩谷棭斎《かりやえきさい》（一七七五～一八三五）などである。このうち、由豆流・与清・浜臣は、真淵の弟子である江戸派歌人・村田春海《むらたはるみ》（一七四六～一八一一）の弟子だが、彼らの特徴は、和歌・国学・漢学など幅広い関心と知識をもっていたことだ。ある種の百科全書派だったわけだが、それらの知を支えるべく、彼らは揃って大蔵書家であった。つまり、この時期、個人の大蔵書家が現れてきたのである。これはそれまでにはない時代の変化であった。というのも、蔵書とはおおむね、公家・寺家そして武家（＝将軍）や大名がもつものであり、個人でもつというものではなかったからである。こうした近世末期の蔵書家たちの延長線上に近代の大蔵書家たちが現れるのである。その意味で、彼らは近代蔵書家の先駆者と言えるだろう。

　加えて、文人間の交流が甚だ密であった。与清の『擁書楼《ようしよろう》日記』（早稲田大学図書館古典籍総合データベース）を覗くと、大量の書物と同時に、与清・弘賢・南畝は神田周辺の徒歩五分くらいのところに住んでいたためか、三人がかなりの頻度で出会っていたことが窺える。極めて濃密な人間交流が見られるのである。また与清邸には、大窪詩仏《おおくぼしぶつ》（一七六七～一八三七）、菊池五山《きくちござん》（一七六九～一八四九）といった漢詩人も加わるといった案配である。加えて、弘賢などは定信との交流もあったのだ。和歌・狂歌、漢詩・狂詩、俳諧・川柳、そして考証と何でもござれの御家人出身の大田南畝はさしずめこの時代のスーパースターと言ってよいか。これほどの人材が近世に揃ったのは、元禄期に次いで、文化文政期ということになるだろう。

御家人出身といえば、北方探検で有名な近藤重蔵《こんどうじゅうぞう》（一七七一～一八二九）もいた。重蔵は「学問吟味登科済」を優等な成績で突破し旗本《はたもと》となったが、重蔵にとって一等幸せだったのは、幕府の書物奉行（一八〇八～一八一九）であった時期であろう（全業績は『近藤正斎全集』、国書刊行会、一九〇五～一九〇六）。紅葉山文庫の蔵書を調査し、詳細な書誌をとり、コメントを記した『右文故事《ゆうぶんこじ》』（一六巻一六冊、一八一七）を繙《ひもと》けば、近藤重蔵が、おそらく近世最大の書誌学者であることに納得がいくだろう。凄まじいの一言である。

学問の広範な浸透

いやはやというべきであろう。春海は干鰯《ほしか》屋の息子、由豆流は伊勢出身で弓弦師の養子、与清は武蔵多摩出身で豪商高田与成の養子、弘賢は御家人・右筆、南畝、重蔵も御家人、狩《かり》谷《や》棭斎《えきさい》も商人の子であり、早く父を失ったとはいえ、清水浜臣が医者の子というのがこの中ではよい家柄に入るだろうか。揃って、見事なくらい庶民に毛が生えたくらいの階層ではあるが、いずれの人も驚嘆すべき学識をもって様々な著述を行い、相互に交流していたのである。

文化文政期の江戸で花開いた文人たちによる古典的公共圏は、与清のように財力に支えられ、上層にある定信とも時折交流をもちながら、大輪の花を咲かせたのである。屋代弘賢が編纂した『古今要覧稿《ここんようらんこう》』（五六〇巻、一八四二年弘賢の死で中絶）など、この時代の知の象徴というべき大編纂物である。

言ってみれば、さまざまな層から学者・文人が出てくるようになったのである。その一人として、儒者ではあるが、家出少年上がりの松崎慊堂《まつざきこうどう》（一七七一～一八四四）を挙げることもできよう。

自学自習書の展開

最後に、この時期におけるもう一つの大きな変化を挙げておきたい。即ち、古典を学ぶ自学自習書が生まれて多くの読者を獲得したという事実である。これは藩校・塾に通えなくても、字さえ読めれば、自学自習が可能になったということを示している。[*23]

その中で四書（『大学』・『中庸』・『論語』・『孟子』）を自学自習できる『経典余師《けいてんよし》』（全一〇巻、渓《たに》百年《ひやくねん》著、一七八一年）が重要である。和書では、先述した高井蘭山『和漢朗詠国字抄』（一八〇三）や『経典余師菅家文章《かんけぶんしょう》』（一八二五）となるだろう。とりわけ『和漢朗詠国字抄』は漢字には総ルビ、頭注に書き下し文、本文、脚注に注釈と解釈が記してあり、この一冊だけで『和漢朗詠集』を理解することがほぼ可能となる。このような書物も出てきたということである。上記とは異なるジャンルに入るかもしれないが、尾崎雅嘉《おさきまさよし》（一七五五〜一八二七）の著名な『百人一首一夕話《ひやくにんいっしゅひとよがたり》』（刊行は没後の一八三三年）も総ルビ、絵入りであり、同様の役割を果たしたのではあるまいか。

以上で近世・江戸期の和歌・古典学を終えるが、いかに漢籍を含めた古典がこの時代に黄金期を迎え、かつ、その層が前代とは比較にならないくらい広範に展開したかが了解されたであろう。

こうした古典の王国を破壊したのが、「維新」、そして、「文明開化」と命名された近代社会に他ならない。

＊1　藤田覚『幕末の天皇』（講談社選書メチエ、一九九四年）、飯倉洋一・盛田帝子編『文化史のなかの光格天皇　朝儀復興を支えた文芸ネットワーク』（勉誠出版、二〇一八年）
＊2　『八雲軒脇坂安元資料集』（和泉書院、一九九〇年）
＊3　井伊直弼著、戸田勝久校注『茶湯一会集・閑夜茶話』（岩波文庫、二〇一〇年）
＊4　渡辺浩『日本政治思想史　十七～十九世紀』（東京大学出版会、二〇一〇年）
＊5　高木浩明『近中世移行期の文化と古活字版』（勉誠出版、二〇二〇年）
＊6　上野洋三『元禄和歌史の基礎構築』（岩波書店、二〇〇三年付「近世歌書刊行年表――寛永～元文」）に拠る
＊7　川平敏文『徒然草の十七世紀　近世文芸思潮の形成』（岩波書店、二〇一五年）
＊8　熊倉功夫『寛永文化の研究』（吉川弘文館、一九八八年）、同『後水尾天皇』（中公文庫、二〇一〇年）
＊9　日下幸男『後水尾院の研究　下薩　年譜稿』（勉誠出版、二〇一七年）
＊10　上野前掲書、大谷俊太『和歌史の「近世」』（ぺりかん社、二〇〇七年）、鈴木健一『近世堂上歌壇の研究　増訂版』（汲古書院、二〇〇九年）、高梨素子『後水尾院時代の和歌』（新典社、二〇二一年）
＊11　上野洋三『近世宮廷の和歌訓練：『万治御点を読む』（臨川書店、一九九九年）
＊12　中村幸彦『近世文藝思潮攷』（岩波書店、一九九八年）、上野前掲書二〇〇三年、大谷前掲書
＊13　前田雅之「和漢から漢和へ：対中国観の変容から」（『日本文学』、二〇二二年）
＊14　小林秀雄『本居宣長』（新潮社、一九七七年）。文芸誌『新潮』に一一年間連載された

＊15　宣長の評伝と業績については、新書ながら田中康二『本居宣長　文学と思想の巨人』（中公新書、二〇一四年）が最良である

＊16　大谷雅夫「「もののあはれ」を知る道」（『文学』二〇〇三年四号）

＊17　田中前掲書

＊18　鈴木董『オスマン帝国の解体　文化世界と国民国家』（講談社学術文庫、二〇一八年）

＊19　錦仁『宣教使堀秀成——だれも書かなかった明治』（三弥生書店、二〇一三年）

＊20　関口すみ子『御一新とジェンダー　荻生徂徠から教育勅語まで』（東京大学出版会、二〇〇五年）

＊21　三田村雅子『記憶の中の源氏物語』（新潮社、二〇〇八年）

＊22　渡瀬淳子「臼杵市教育委員会蔵『舟水和歌集』翻刻」（北九州市立大学文学部紀要八五号、二〇一六年）

＊23　鈴木俊幸『江戸の読書熱　自学する読者と書籍流通』（平凡社選書、二〇〇七年）

第六章

古典の末路

――古典を見捨てた近代

(1) 明治〜戦前期――国語教育の一部門に矮小化された古典

近代とは何か

日本における近代とは、明治維新後のいわゆる「文明開化」が切り開いた、前代とは異なった新しい時代・社会のことである。そこで、近代に対するさまざまな思い込みを抑制するためにあらかじめ断言しておきたい。それは、近代とは、別段、普遍的な概念でもなんでもないということである。

いわゆる近代とは、西ヨーロッパにおいて近代化に成功した国家・社会（イギリス・フランス・ドイツ）のありようを、無理矢理に普遍化を装って（あるいは気取って）「近代」と言っているに過ぎないのである。ついでに言えば、明治維新以降から第二次大戦の敗戦までにアジアで近代化に成功した国は日本だけであった。ここからも普遍的な概念ではないことが分かろうというものだ。現在の世界に点在している権威主義的国家群（北朝鮮・中国・イラン・ロシアなど）はどう取り繕っても近代国家とは言えないだろう。

ここでもう一つ例を出すと、アメリカ合州国（United States of America）は、建国からして既に近代であったという点で特異な実験国家である。イギリスなどからの入植者たちがもともと住んでいた先住民を排除し、アフリカから売られてきた黒人を奴隷として使って疑似近代ヨーロッパ社会を作っていったからである。

政治的・法的近代

それでは、近代の特質とは何であろうか。四つの特徴を挙げておきたい。

第一は**政治的・法的近代**である。まず、個人（＝国民）は個人の権利と自由・平等が保障されている。だから、個人（＝国民）は、法の下に平等であり、原則的に職業や住所や移動の自由が認められているばかりか、政府による法に基づかない逮捕などは禁止されている。自由・平等、これらが近代社会に生きる個人の不可欠な条件となる。

次に、国政については、立憲体制、即ち、憲法の下、国民の代表（代議士など）による議会制民主主義に規定されて国政が運営されていることである。君主制であろうが、共和制であろうが、立憲体制であれば、近代国家と一応は言いうる。加えて、おおむね政教分離の原則によって宗教が政治から排除されているという意味で世俗的な国家である。

とはいえ、こうした政治的・法的な近代国家も厳密に言えば、イギリスとフランスくらいしか該当しない。ドイツおよびイタリアは、明治維新よりも遅れて国家の統一が行われたことに加えて、ドイツ帝国の憲法は、大日本帝国憲法の規範になったように（大日本帝国憲法以上に）皇帝権力が強く、国民の権利と自由は、イギリスあたりと比べてみると、かなり抑えられていたからである。なお、前述したように、自由の国アメリカに至っては、南北戦争まで奴隷がいた。人間扱いされない奴隷に選挙権などの権利がなかったことは説明するまでもない。

経済的近代

第二は**経済的な近代**である。それは、近代的資本主義体制が展開している社会のことと考えればよい。イギリスに始まった産業革命による工業化が実現され、それによって、大量の商品が作られると共に、人間と物を大量に運ぶ鉄道等のインフラが整備されている産業社会のことである。そこでは、巨大な企業が複数あって、多くの労働者たちを雇用して、商品を生産し、それらから生まれた商品を国内および国外の市場で売りさばいていた。と同時に、企業運営のために銀行等の金融資本も整備され、ロンドンのシティやニューヨークのウォール街のように、金融センター的都市も発達していった。金融は経済の潤滑剤となって、企業を回し、新たな産業を興したりして、資本主義経済の基盤となったのである。

近代日本でその役割を果たしたのが、他ならぬ渋沢《しぶさわ》栄一《えいいち》（一八四〇～一九三一）である。こうした経済的近代を支えるイデオロギーとは、進歩・発展、そしてそれらを支えるのは不断の技術革新とイノベーションとなる。

経済における近代社会の状況は、たとえば、ミュージカルや映画にもなった『メリー・ポピンズ』からその具体的な状況を見ることができる。舞台は、近代化が進みつつあるロンドンのまあまあ高級な住宅街に住むある家族である。そこに雇われた家庭教師（メリー・ポピンズ）をめぐる人々の動向から、近代が成熟しつつある社会変容のありようを見事なまでに『メリー・ポピンズ』は描き切っている。

登場人物に触れておくと、まず、銀行に勤めるサラリーマン、それなりに豊かだが、それでも現状には満足できず、もっと上のポスト・地位を狙っているメリー・ポピンズの雇い主である。彼が勤務する銀行の幹部たちも登場するが、こちらはさしずめ資本家の代表となろうか。次に、雇い主の妻は現在女性参政権運動に夢中である。これまた二〇世紀初頭の都会によくいた意識の高い女性たちの代表であろう。また、当然ながら彼女は専業主婦である。

夫が外で働き、妻が家庭を守るという近代家族の典型像がここにある。夫婦の間から生まれた姉と弟の二人の子どもたち（多からず、少なからず、近代家族のこれまた典型例）の家庭教師がメリー・ポピンズということだ。専業主婦で政治運動に夢中だが、ちゃんと家庭教師を雇える、そんなアッパーミドルクラスの物語なのである。

この家の近くには、昔の栄光が忘れられない旧世代を代表する老軍人もいる一方で、煤《すす》で顔が真っ黒になっている煙突掃除人たちという貧しい労働者階級も現れて奇妙な形で物語を盛り上げる。もう既にお分かりだろうが、ここに登場するのは、ほぼ近代社会にならないと現れない部類の人たちである。職人も商人も農民もここには出てこないのだ。近代の都会にしかいない、上（資本家）とちょっと上（銀行員）とかなり下（煙突掃除人）の人間たちである。明るく、ファンタジックに描いているが、実は、競争が激しく、格差が絶望的に広がりつつあった近代の暗部を物語はさりげなく暴いていたのだ。

言語・思想的近代

第三は**言語・思想における近代**である。

はじめに、唐突ながらこんな問いを発してみたい。中国における近代文学はいつ始まったのか？　答えは魯迅《ろじん》（一八八一〜一九三六）の小説からである。書かれる内容がリアリズムで貫かれていること、登場人物の苦悩といった内面が描かれていること、さらに、場合によっては、深いニヒリズムやアイロニーを湛《たた》えているといった文学作品は、それまでの中国（＝古代〜清朝）にはなかったのである（『三国志演義《さんごくしえんぎ》』、『西遊記《さいゆうき》』、『水滸伝《すいこでん》』、『金瓶梅《きんぺいばい》』はあったが）。

それでは、なぜ魯迅が中国に近代文学をもたらしたのか、その答えは彼が日本に留学して、日本における近代文学的な作品になじんでいたからであろう。日本の方が中国よりもずっと早く近代化を遂げていた結果である。

となると、今度は、日本の近代文学とはどのように生まれたのかという疑問が出てくるが、二葉亭四迷《ふたばていしめい》（一八六四〜一九〇九）とロシア文学、夏目漱石《なつめそうせき》（一八六七〜一九一六）とイギリス文学、森鷗外《もりおうがい》（一八六二〜一九二二）とドイツ他ヨーロッパ文学との深すぎる関係を知れば、一目瞭然であるように、日本の近代文学はヨーロッパ近代文学の輸入（翻訳も含む）から始まったのである。付言すると、植民地であった朝鮮・台湾においては、当地の日本語文学が朝鮮・台湾の近代文学の祖となっていったのである。

こうして近代文学の起源を遡っていくと、ヨーロッパの先進国であったイギリス・フランスにおいて近代文学がどのように始まったのかという問題に辿りつくだろう。ここで近代文学が生まれる条件を挙げておこう。

まずは、言語とりわけ書記言語の一大変化である。中世ヨーロッパの共通語は言うまでもなくラテン語であり、ラテン語が書けて読めたら、ヨーロッパ文化圏の中では、手紙等でコミュニケーションがとれていたのである。しかし、近代社会が整備されつつあったことと連動して、現地の口語であった国民語が書記言語としてラテン語に代わって擡頭《たいとう》してきた。これが英語・フランス語・ドイツ語と現在呼ばれている国民語である。

この国民語によって、リアリズムと主人公の内面性が重視された書き方で記されたのが近代文学であった。だから、近代文学は、イギリス・フランスでスタートし、ドイツに移り、それからプーシキンのロシアで開花した。その後、アジアでは、日本に二葉亭・漱石・鷗外などが現れて、日本の近代文学を作り上げ、他方、インドでは、イギリス文学を規範として近代ベンガル語・ウルドゥー＝ヒンディー語文学者（ベンガル文学のラビンドラナート・タゴール〈一八六一～一九四一〉、ウルドゥー＝ヒンディー文学のムンシー・プレームチャンド〈一八八〇～一九三六〉など）を輩出したのである。

日本における言語論的展開

前近代までの日本人にとって、「文学」とは漢文学・儒学を意味し、散文的文章は、近松門左衛門の『曾根《そね》崎《ざき》心中《しんじゅう》』の冒頭場面ではないが、主として、縁語・掛け言葉を駆使した七・五（五・七）語調の文語体で記されていた。二葉亭が『浮雲《うきぐも》』を執筆するに際して、まずロシア語で記し、それを日本語に翻訳したのは、当時の日本人にとって言文一致体の散文をどう書いてよいのか、作者本人でさえも分からなかったからである。

次に、文章や思考の論理の一大変化について考えておきたい。前近代の思考は、和歌の縁語・掛け言葉、連歌の寄合・付合《つけあい》のように、言葉と言葉の連想が基軸となっていた。連想の土台には、記憶があるから、両者を合わせて、記憶・連想による思考に基礎づけられた文章が前近代の基調となる。対して、近代の思考は線形論理（AだからBとなる）という原因↓結果の形をとる。

加えて、前近代人は、原則、要約という行為ができなかった。要約とは、仮に要素が一〇〇あるとすると、その一〇〇を三に縮減して示すことである。つまり、一〇〇↓三、これが要約である。三にすることによって、情報を多くの人が共有でき、かつ、一〇〇ある情報の主題・言いたいことも簡単に理解できるからである。こうした要約行為には、何が一等大事か、主題なのかということを第一とする思考が根底にある。言ってみれば、アリストテレス（紀元前三八四～紀元前三二二）以来のヨーロッパの哲学・思想を貫いている「問題の本質は何か？」を問う思考である。

たとえば、小学校の国語の授業で教科書に掲載されている文章の段落分けをさせるのも（私は大の苦手であったが）、長い文章を段落分けして、段落内のキーセンテンスを見出し、それらを合わせていって、長い文章の要約（よくテーマ・主題と呼ばれている）を可能にするためである。そのためか、要約が得意な生徒はおおむね成績がよく、今風に言えば、偏差値が高いという現象を生み出した。しかし、要約のうまさと文章の面白さは矛《む》盾《じゅん》する。言っては何だが、要約文だけが文章ではないからである。そのためか、著名な作家はほぼ要約が苦手であった。

それでは、前近代人はどのように文章なり考えなりをまとめていたのか。それは要約ではなく、抜書であろう。自分が気に入ったところ、引っ掛かるところをそのまま抜書するのである。それを見ながら、記憶・連想による思考で考えをまとめていくのである。

以上をまとめてみると、記憶・連想と抜書の前近代を線形論理と要約の近代に変えようとしたのが、言語・思想としての近代となる。

加えて、前述したように、近代とは脱宗教的（＝脱超越論理）で世俗的な世界である。当然、リアリズムが全面展開するから、観音様に祈ったからこそ救われたといった超越的思考も排除されていくことになる。

教育・教養の近代

第四は**教育・教養の近代**である。前近代の教育・教養は、これまでの章でさんざん述べてきたように古典的公共圏の一員となるべく用意かつ展開がなされてきた。和歌・連歌・古典、それに近世・江戸期以降は儒学・漢詩文が加わるだろう。そのほか、有職（しきたり、故実）なども入ってくるが、和歌が詠めて古典を体得し、漢詩文も解しかつものせる人間にすることが教育の目的であり、それらはそのまま教養であった。いっぱしの教養人を養成する、これが前近代の教育だったのだ。

だが、明治以降は教育そのものが激変したのである。まず、明治五年（一八七二）の学制発布以降、近代教育システムが順次整備されていった。義務教育としての小学校、以後、順次ながら、義務教育以降の学校として、高等小学校、中等教育としての中学校・師範学校・実業学校・女学校、高等教育としての高等学校・高等商業・高等工業・高等農業・高等師範・女子高等師範と最高学府としての帝国大学・官立大学・私立大学といった教育制度の体系が大正末期にはほぼ整備を終えた。

これらの学校が物語っているのは、教育というものは学校で習得するものとなったということである。この時、中世以来の師資相承《ししそうじょう》といった師匠から弟子に教えが伝えられるという伝統は喪失した。また、学業の成果・達成度は、師匠が下す免許皆伝《めんきょかいでん》といったもの（古今伝授をすべて終えるなど）ではなく、科目の成績によって判定されることとなったのである。

近代日本が望んだのは、どのような階層・家庭の出身であれ、成績優秀な人間（＝エリート）を抽出したいということであった。そうでないと、近世・江戸期のような門閥《もんばつ》・家柄的閉鎖性を超えられず、近代化も達成できないからである。そうした中でも東京帝国大学法学部、陸軍士官学校・陸軍大学校、海軍兵学校・海軍大学校では成績主義重視がとりわけ顕著であった。徹底した成績による序列ができあがり、成績によって将来の出世も官僚や軍人ではほぼ決まってしまうという事態が起こったのである。

よって、教育のありようや教育期間によって身につける教養も大いに変質した。既に公表もされているが[*1]、いわゆる小説家・詩人といった文学者で成績がよかったのは、森鷗外・夏目漱石・芥川《あくたがわ》龍《りゅう》之介《のすけ》（一八九二〜一九二七）くらいではなかっただろうか。なお、鷗外は軍医、漱石は英文学者であり、はじめから職業作家だったのではない。となると、龍之介だけとなる。それ以外、多少例外はあるものの、おおむね成績不良の人々が大半であった。とりわけ永《なが》井《い》荷《か》風《ふう》（一八七九〜一九五九）と萩《はぎ》原《わら》朔《さく》太《た》郎《ろう》（一八八六〜一九四二）は勉強ができないどころか、卒業もできていない人たちの筆頭にあったと言ってよい。

それでは、なぜ成績不良者が文学者になるのか。むろん、それ以外の選択肢がなかったからであろう。詳しい説明は省略するが、文学者とは、高学歴者で成績の悪かった人たちが唯一社会的地位を得る手段だったのである。文学者以外では、新聞記者といったジャーナリスト、あるいは、でもしか教師くらいしか、彼らには残されていなかったのだ。

そこから、彼ら文学者が唱える文学なり、文学論なりが、社会から逸脱した人間たちのサンクチュアリの産物であったというべきものになってしまったことは読み取りやすいだろう。つまり、前近代の教養とはまるで質が変わってしまったのだ。一九五〇年代生まれの私の世代にはまだ棲息していた「文学青年」という人たちは、明治〜戦前にかけて形成された文学者像の残《ざん》滓《し》だったということである。

以上、近代の四つの特徴について述べた。以後、本題に入りたい。

(2)　古典的公共圏の喪失

近代と古典的公共圏

鈴《すず》木《き》俊幸《としゆき》『近世読者とそのゆくえ：読書と書籍流通の近世・近代』[*2]序章には、明治八年（一八七五）に四書（『論語』・『大学』・『中庸』・『孟子』）のうち読み残していた『孟子』を漸く読み終えたと記す足利郡助戸村の一庶民高橋勘蔵の記録が出てくる。ここで注意すべきはこの時代はもう近世ではないという事実である。明治になっても、勘蔵にとっては、頭の中は依然として近世であり、維新前から読もうとして果たせなかった『孟子』をなんとか読み終えたという深い感動がここには認《したた》められていたのだ。

前述したように、近代とは、それまでの日本にしかと存在した古典的公共圏とは相容れない世界である。幕末までしっかりと残っていた古典的公共圏は上記の勘蔵のような例を除いて、明治の中期にはほぼ全面的に崩壊してしまった。これを最初に押さえておきたい。明治以降の日本近代とは、まさしく古典の末路の時代だったのである。

なぜ崩壊したのか、近代の政治的法的、経済的、言語・思想的、教育・教養的な特徴のどれをとっても、古典的公共圏の特徴とはてんで反《そ》りが合わなかったからである。それでも、古典は滅んでいない、今も読まれているという意見もあるだろう。たしかに完全には死んでいない。しかし、生き残るのにはある種の変容が必要だった。ここでは、和歌・俳諧のうち主として前者を例に考えてみたい。そこから変容のありようが自ずと理解されるだろう。

和歌から短歌へ、俳諧から俳句へ

近世の堂上和歌・地下和歌の歌人たち、俳諧の俳人たちも維新後そのまま近代に突入していたが、周知のように、このままでは和歌・俳諧は西洋の詩・文学に対抗できないと考えて、改革運動を始めたのが正岡子規である。[*3] 子規が明治三一年（一八九八）に一〇回に亘って連載した「歌よみに与ふる書」（新聞『日本』）において、『古今集』を徹底的に批判し、『万葉集』を持ち上げたのは、『古今集』的堂上和歌では、近代日本の芸術・文学たりえないという戦略に基づいたものであった。歌詞《うたことば》の制限や決まり切った修辞・技巧ではなく、「ただ自己が美と感じたる趣味をなるべく善く分るやうに現すが本来の主意に御座候」（「十たび歌よみに与ふる書」、岩波文庫に拠る）と信じる子規が自己の考えに最も近い『万葉集』という

正岡子規（1867～1902）

『古今集』よりも古い権威ある歌集を土台に置くことによって、和歌および俳諧という古典詩歌を変革しようとしたのである。その結果、和歌は短歌となり、俳諧は発句《ほっく》が自立した俳句となった。俳句となってほぼ連句《れんく》（「歌仙」）は消えてしまった。

ここでは、和歌と短歌についてもう少し説明しておきたい。和歌とは、子規が批判するように、ほぼ『古今集』風であるが、中世以降は、題詠と本歌取りが和歌の基本であり、また、詠まれる世界と歌詞にも制限があった。述懐《しゅっかい》は詠まれるが、政治批判は詠まれないなどである。

だが、短歌となると、題詠は少し残る（宮中の歌会始《うたかいはじめ》は一応一字題の題詠である）ものの、文語体を基調としつつも詠まれる題材や言葉は自由になった。和歌と比較すると、似ているのは五七五七七という字数くらいである。そして、和歌の場合、題詠だから、不遇でもないのに、述懐の和歌を詠んで自己を嘆くふりをするが、短歌となると、石川啄木《いしかわたくぼく》（一八八六～一九一二）や与謝野晶子《よさのあきこ》（一八七八～一九四二）の短歌のように、実情が詠まれていると見る読者が圧倒的に増えたのではないか。短歌にリアリズムを読み取るようになったのである。そう、短歌とは和歌の近代文学であったのだ。

こうして、和歌は短歌となることによって、今に至るまで多くの歌人や結社を擁し、断定はできないものの、おおよそ三〇万人前後が短歌を詠んでいるらしい。この数字は、二〇〇万人前後の俳句と比べるとずっと少ないが、それでも、人口三〇〇〇万人の近世に三〇万人前後の歌人がいたとは考えにくいので（詠んだことがある人の数なら三〇万人を超えようが）、一応は繁栄していると見てもよいだろう。

しかし、失われたものも多かったのである。第一に、『万葉集』から近世和歌までの長い和歌の伝統と断絶してしまったということである。やむなく前近代の和歌を古典和歌などと称しているが、古典和歌の世界にあった、伝統への回帰、伝統への反逆といった和歌の復古と革新、また、身だしなみとして和歌を詠むという習慣が理解できないようになってしまった。

第二に、短歌になっても、昭和天皇のように、題詠を詠み、和歌的な短歌を詠む人がかつてはいたが、今の時代にはいなくなった。ほぼ短歌になってしまったのである。こうしていよいよ和歌との断絶が確定的になった。

そして、第三に、和歌は題詠が基本であるから、いわば、題に沿って詠者は変身していた。いわば、前述したように、何にでも変身できるコスプレが題詠和歌というものであった。これを実現するためには、題詠和歌の訓練をしなくてはいけなかったのである。具体的には、「逢不逢恋」（逢ひて逢はざる恋）という題（大概の場合は、かつて逢っていたのに逢わなくなってしまったことを嘆く悲恋歌となる）では、どう詠んだらいいのかを知るために類題集をめくりながら、「逢不逢恋」題の先行和歌群を読み、自分が詠みたいと思っている内容に近い和歌を見つけて、表現や場面などを少し変えて詠むということをしていくのである。

前述した正岡子規の詠作態度とは正反対の態度だが、題詠であればこそ、詠む際の枠組み・型が与えられるので、自由に詠むよりもずっと楽だったのだ。故に、和歌人口は増え、同じ題での歌合などといった歌会なども生まれ、和歌は繁栄していったのである。実情を詠まないから、言ってみれば、嘘の気分あるいはコスプレ気分だから和歌は輝いていたと言ってもよいのである。

そんな和歌は虚偽だと批判されるかもしれないが、実情にはない、型の中での遊びの精神、伝統を踏まえた工夫の態度がここにはある。即ち、和歌は詠者のいる古典的公共圏と一体化していたのだ。それでも、ヘンテコな腰折れ和歌を詠むと自分が関係する人々から一生笑われてしまうので、詠者たちは各自それなりに必死に訓練して歌会に臨んでいたのである。和歌とは知とセンスを競うゲームであり、かつ、社交であったからである。

　こうした古典的公共圏の中で生き、歌を詠み、歌仙を巻くという行為が近代にはなくなってしまったということである。

井上毅の古文・漢文廃止論

　生涯において七〇〇通あまりの意見書を政府や政府要人に提出したのみならず、大日本帝国憲法・皇室典範・教育勅語という明治国家の根本法典および教育原理の起草から文面作成においても中核的役割を果たし、明治国家の「知《ち》嚢《のう》」とも「グランドデザイナー」とも称された梧《ご》陰《いん》井上毅[*4]（一八四四～一八九五）は、総理大臣伊《い》藤《とう》博《ひろ》文《ぶみ》（一八四一～一九〇九）に請われて、一八九三年～一八九四年に自身最後の官職であった文部大臣となった。大臣在職中、上述した学校整備に関する学校制度改革などかなりの政策を実行したが[*5]、ここで注目したいのは、井上の国語改革論である。なぜならこれが近代における古典のありようと大きく絡んでいるからに他ならない。

井上は、「国語国文」という新しい国語概念を提唱した。国語国文とは、井上自身の文章によれば、

> 古文古語固より尊重すべし。但専門として尊重すべし。又ある場合に限り一種の美術として尊重すべし。之を一般の国民教育として用ゐるべからざるなり。
> 次に国語国文の進歩を謀るためには、今日の学術社会の広博なる思想に応ずるために広く材料を漢文漢字に取るのみならず、又欧州の論理法に取らざるべからず。
> （「国語教育」、小中村義象編『梧《ご》陰《いん》存《そん》稿《こう》』、一八九五年に所収、引用は『井上毅伝　資料篇第三』、國學院大學図書館、一九六九年に拠った。但し、句読点・濁点を施し、常用漢字に改めた。以下も同じ）

井上の主張は明確である。古文古語は専門（＝学問）として尊重すべきだが、それは美術と同じであり、鑑賞するものである。国民教育として用いてはいけない。さらに、井上のいう「国語国文」は「漢文漢字」を採用するのみならず、「欧州の論理法」に拠る文章語であ

るとしたのである。言ってみれば、漢字を多用した論理的な文語体（当時はまだ言文一致が完成していない）が「国語国文」の具体的な姿となるだろう。

なお、ここでは引用しなかったが、漢文に対しても、「漢文と国文とは語法語格全く異なるが故に漢字を用ゐながら漢文を模擬するの必要なきなり」（「学校の教科における漢文の問に答へし文」、前掲書）と、漢文と漢字を分断して、「国語国文」のためにのみ漢字を用いることを提唱していたのだ。

井上毅（1843～1895）

ここで一つ注意すべき事実がある。それは、序章でも触れたように、井上は一八歳まで宋学（＝朱子学）を修めた儒者であり、かつ先述のように、さして上手ではないが、和歌も楽しむ、いわば、近世的な古典的公共圏の申し子的存在であったということだ。熊本藩の藩士の陪臣《ばいしん》（家来の家来、だから、藩士ではない）の子として生まれ、本来入る資格をもたないのに、あまりに優秀であったために、藩校時習館《じしゅうかん》で学び、その後、フランス学を学ぶために長崎・江戸に遊学した井上である。漢文作文能力としては、いっぱしの儒者であった。そういう井上が、大胆にも古文・漢文廃止論を主張したのである。むろん、『梧陰存稿』巻二（漢文編）序文の末尾に「嘆息のまゝ筆を抛《なげう》つ」と記したように、自己を作り上げてきた漢籍・漢文を廃止せよと言ったことに、深い後悔の念はあった。

しかし、それでも古文・漢文を廃止しなければ、日本の近代化、近代教育は不可能だと井上は考えて、その旨を提唱したのである。まさに断腸《だんちょう》の思いで決意表明したということである。

国語科の一科目となった古文・漢文

幸か不幸か、文部大臣を退任してまもなく井上は死去し、古文・漢文廃止論は沙汰止みとなった。だが、古典（古文・漢文）は大きくその姿を変えることになった。

井上が反対した「一般の国民教育」の一つ、国語科の一科目として定着したのである。いわゆる「国漢」ないしは「古文・漢文」としてである。これはいいことなのか。古文・漢文が教育内容として排除されなかったことではよかったと言えるかもしれない。現に今日まで古典（古文・漢文）は、高等学校国語科において「言語文化」（高校1年生用）、「古典探究」（高校2・3年用）という単元して教えられ、共通テストや大学入試にも出題されている。だが、古典（古文・漢文）が国語科の一科目になったということ、それ自体が古典にとっては大いなる不幸、あるいは、地位下落だったのではあるまいか。どういうことか？

前近代まで、古典とは人間形成、言い換えれば一人前の人間となるために、和歌（含連歌・漢詩）と並んで必要不可欠な存在であった。通常は、和歌が詠めて古典の素養がある人間を一人前の人間として周囲は尊び、本人もその自覚をもっていたのである。これがこれまで繰り返し述べてきた古典的公共圏というものであった。ところが、近代以降、古典は学校教育の一科目に押しやられたのである。たしかに、廃止はされず存続はした。だが、それは和歌が短歌へと、俳諧が俳句へと変貌した以上の価値顛倒《てんとう》ではなかっただろうか。古典の習得ではなく、古典が成績評価の一つになったのである。これでは古典は得意科目、苦手科目という狭い範疇の中に追いやられてしまう。いわゆる古典の価値は、事実上なくなったと言うべきであろう。

とはいえ、科目として残ったし、入試に出題されるので、やむなく勉強しなければならない、どちらかと言えば、避けたい、触れたくない科目になったということだ。

古文を無視していた大正期の中学生

その典型例を戦前の教育体系・学校整備がほぼ完成していた大正期を例にとって述べておきたい。

林房雄《はやしふさお》（一九〇三～一九七五）という今では忘れられた作家がいた。東大在籍時（中退）から左翼運動に関わったが、逮捕された後、一九三二年に転向し、作家となった。その後は、どちらかといえば、保守的な作家・批評家として活動した。代表作には、『大東亜戦争肯定論[*6]』がある。この著作は、幕末における開国から大東亜戦争敗北までを「東亜百年戦争」として捉え直し、欧米のアジア侵略に対するアジアのための戦いとして肯定したものである。公刊時に賛否両論が相次いだが、扇情的でも無理矢理の肯定論でもない、冷静に近代を振り返ることを可能とする名著である。

林房雄（1903～1975）

さて、林は、著名な「近代の超克」座談会（出席者は、西谷啓治《にしたにけいじ》・諸井三郎《もろいさぶろう》・鈴木成高《すずきしげたか》・菊《きく》池正士《ちせいし》・下村寅太郎《しもむらとらたろう》・吉満義彦《よしみつよしひこ》・小林秀雄・亀井勝一郎《かめいかついちろう》・林房雄・三好達治《みよしたつじ》・津村秀夫《つむらひでお》・中村光《なかむらみつ》夫《お》・河上徹太郎《かわかみてつたろう》）が掲載された『文学界』一九四二年九月号に、座談会に絡めて「勤王の心」というエッセーを寄せている（『近代の超克』、冨山房百科文庫二三、一九七九年所収）。「近代の超克」の問題は、古典論とも深く関係するが、ここではそれに触れず、エッセーの中で林が記している大正期の中学生の実態を紹介し、論じてみたい。そこに、近代における古典のありようが暴露されているからである。

> 中学校のある丘への行きかへり、赤土の道に破れ靴を踏みしめながら、哀れな中学生たちは英語のカードを暗記した。裏を読み表を読み、水を飲む小鳥のやうに空をあふぎ、I am an Englishman と暗誦した。（中略）
>
> なるほど、国語の教科書の中に一頁か二頁の祝詞の章があり、古事記の章があり、万葉の抜粋はあつた。だが、教師は一通りの解釈で講義し飛ばし、生徒もたゞ聞いてたゞ忘れた。辞書をひき、カードをつくり、登校の行きかへりに赤土道でころぶ努力の百分の一も、教師はそれを求めず、生徒も行はなかつた。（中略）
>
> かくして、外国語に笑はず、母国語に笑ふ中学生は、高等学校に入つた。

大正期の中学生は、英語はカードに書いて暗記したが、国語となると、教師も通り一遍の講義をするだけで生徒はほぼぼやっと聞いて忘れていたという。教師も古文の勉強が大事だとは言わなかった。そして、英語を尊重し、古文を馬鹿にするそのような中学生が高等学校に入っていったのである。

こうした中学生こそ、近代日本、あるいは文明開化が生み出した新しい人間だったのである。

戦前における古典の展開

最後に、戦前における古典学の展開と古典のありようをざっと述べておきたい。

近代学問としての国文学は、明治二三年（一八九〇）に始まった。[*7] それまで「国文学」なる名称もなかった。あったのは「国学」であったろう。近代国文学には、国学の流れと西洋文献学の流れとがあったが、次第に後者が前者を圧倒し、古典本文再建と注釈といった文献実証主義的な学問となった。[*8]

現代の国文学（＝古典研究）も戦後の一時期、国民的歴史学派といった左翼や一九九〇年代の変異体左翼と言ってよいポストモダンの思想に一部の分野が靡《なび》くことはあったものの、主流は、一貫して文献実証主義と注釈であった。そして、学問の思想的傾向はなく、歴史学に比べて社会的影響度もほぼないと言ってよかった。

　つまり、近代国文学とは、国学にあった思想性・イデオロギーがほぼなくなり、人畜無害な学問になったということである。『土佐日記』の本来あったはずの本文を再建したところで、その学問的意義は認められつつも、だから、なんだということになる。いわば、暇人の学問になったのである。時折、外国の思想を導入したところで、ほとんど付け足しくらいの意味合いしかもたなかったのである。

　しかし、日本史学よりも大学のポスト数が多いためか、国文学研究者の数は大学改革の煽りを食って減っているとはいえ、今日もそれなりにはいる。さらに言えば、国文学研究者数よりもポスト数では多いと目される英米文学研究者（英語担当があるためである）よりも、文献実証主義を堅持してきたせいか、平均的なレベルは高いと言ってよいだろうが、ポストが少なく、学会内での論争・議論も激しい日本史学のような優秀な若手人材はそれほど出ていないようだ。

　現在、研究者養成を目的とする大学院のうち、ごく一部を除いてはほぼ開店休業の状態である。学会会員数も漸次減少しつつある（会員が一〇〇〇人を超える学会は一、二を数えるくらいである）。よって、今後の展望はかなり暗いと思われるが、それでも他の外国文学研究（こちらは滅びに向かっていると言いうる）と比べれば、まだましだといった甚だ喜べない状態である。ここにも古典の末路が現れていると言ってよいであろう。

他方、明治以降、与謝野晶子（『新釈源氏物語』、一九一三年、『新新訳源氏物語』、一九三九年）・谷崎《たにざき》潤一郎《じゅんいちろう》（『潤一郎訳源氏物語』、一九四一年、『潤一郎新訳源氏物語』、一九五四年、『潤一郎新新訳源氏物語』、一九六五年）をはじめとする非国文学者である歌人・作家によって、『源氏物語』の現代語訳がそれなりに行われた。[*9] 世間における古典の普及はほぼこちらの側でなされたと断言しうる。国文学者は作家の手伝いはしても、前面に出て登場しなかったということだ。

保田與重郎の古典論

昭和一〇年代に入って、日本浪曼派《にほんろうまんは》を牽引《けんいん》した保田與重郎《やすだよじゅうろう》は精力的に古典論（『英雄と詩人』〈一九三六〉、『日本の橋』〈一九三六、改版一九三九〉、『戴冠詩人《たいかんしじん》の御一人者《ごいちにんしゃ》』〈一九三八〉、『後鳥羽院』〈一九三九、増補版一九四二〉など）を発表し続けた。

　そこで注目されたのが日本《やまと》武尊《たけるのみこと》・ナポレオン・木曽義仲、そして、後鳥羽院といった「偉大な敗北」を遂げた英雄たちである。保田によれば、英雄とはつまらない敵に敗北する故に逆に英雄たりうるという。このようなアイロニカルな英雄論は、どう生き死ぬのかで彷《ほう》徨《こう》していた戦時の知的青年たちにとって熱狂的に受け入れられた。戦争は近代の宿命であり、だから、大東亜戦争は「偉大な敗北」のために断固支持するといった主張をしたのが他ならぬ保田であった。保田はかかる敗北する英雄の窮極として後鳥羽院を据え、そこから、国文学者の描く文学史とは全く異なる、後鳥羽院から流れ出て芭蕉・後水尾院に至る日本文芸の系譜（＝保田によれば「後鳥羽院以後の隠《いん》遁《とん》詩人の系譜」）を構築していったのである。[*10]

　とはいえ、戦争末期に応召され、中国で敗戦を迎えたにもかかわらず、戦後は若者を戦場に追いやった張本人として指弾され、なにやら意図的なものを感じさせもする公職追放もあったためか、保田は戦後の文壇から事実上追放された（追放解除は、一九六四年に刊行した『現代畸《き》人《じん》伝』からである）。

　保田ほど戦前と戦後で評価が一変した批評家はいないが、ここで注目したいのは、保田も東京帝国大学文学部美学科卒であり、国文学者ではなかったという事実である。保田は歌人でもあったが、国文学や和歌の専門教育を受けたことはなかったと思われる。卒業論文は、近代国文学の祖と言ってよい芳賀矢一《はがやいち》（一八六七〜一九二七）の息でドイツ文学者だった芳賀檀《まゆみ》（一九〇三〜一九九一）の助けを借りて執筆したヘルダーリン論であった（保田は語学が得意ではなかった）。しかも、保田は終始一貫して国文学および国文学者を遠ざけていた。保田によれば、国文学とは、彼が忌避し批判してやまない「文明開化の論理」（＝近代）そのものだったからである。保田が愛するのは国学であって、近代科学化し没思想的な国文学ではなかったのだ。[*11]

蓮田善明の古典論

そうした中で例外もいた。広島文理科大学の国語国文学科出身者で構成された雑誌『文藝文化』を率いた蓮田《はすだ》善明《ぜんめい》（一九〇四〜一九四五）は、文芸批評家であったけれども、もともとは過激に過ぎた国文学者であった。[*12]

蓮田は、自身の作品以上に、生き方も過激であった。将校として応召され、ジョホールバルで敗戦を迎えた蓮田（当時中隊長）は、連隊長中条大佐が敗北による日本精神の壊滅を説くのを聞くや、翌日、連隊長を射殺、直ちに自決を遂げたのであった。蓮田の言説と行動は、やはり、人畜無害そのものであった国文学の域をはるかに超えていたのである。蓮田に対する本格的再評価はこれからの課題であろう。[*13]

小林秀雄の古典論

保田・蓮田にやや遅れて、一九四二年四月～一九四三年六月に古典論（一九四六年に『無常といふ事』と題されて刊行された）を断続的ながら連載したのが小林秀雄である。小林は周知の通り、東京帝国大学文学部仏文科卒であり、様々な文学的な動向を「意匠」として相対化した上で、芸術にとって一等大切なのは「実践」であると断じた「様々なる意匠」（一九二九）で華麗な文壇デビューを遂げた。同時代の文学批評の他は、ランボー（一八五四～一九九一）の翻訳、そして、ドストエフスキー（一八二一～一八八一）などを取り上げたが、日本古典は論じていなかった。その小林が日本古典を論じたのである。「当麻《たえま》」「無常と

小林秀雄（1902 ～ 1983）

いふ事」「徒然草」「平家物語」「西行《さいぎょう》」「実《さね》朝《とも》」の六編だが、この時点で小林が日本古典について書いたことは、むろん、戦争協力でも時勢迎合でもない。

時期的には、前述した一九四二年七月に催され、小林も参加した「近代の超克」座談会の前から連載が開始されているのが気にかかる。むろん、その企画は、この連載の前から用意されていただろうが、このあたりから推測すれば、小林における「近代の超克」なり、近代批判なりのありようや立ち位置を、古典を主観的に読みかつ批評することによって、明らかにしたかったのではなかろうか。結果は成功したと言ってよい。そうした時、図らずも小林と保田は、アプローチの違いはあるけれども、ほぼ同志となった。昭和の文芸批評家は畢《ひつ》竟《きょう》小林と保田に指を屈するのではあるまいか。

それでは、小林は何をやったのか？　これまで日本史研究者や国文学者といった近代人（一部近世人も含まれるが）が歴史上の人物や古典をめぐってああだこうだと講釈をしたり、微細な事実考証をしたりしたことによって、人物や古典の最も大事なものが見えなくなっている現状を、小林一流の直観と洞察力によって、徹底的に批判・排除して、西行、実朝、『平家物語』のこれまで見えなかった生の面を浮かび上がらせていったのである。

まずは、近代批判の一端を見ておきたい。

仮面を脱げ、素面《そめん》を見よ、そんな事ばかり喚《わめ》き乍ら、何処《どこ》に行くのかも知らず、近代文明といふものは駆け出したらしい。

（「当麻」『小林秀雄全作品』所収、以下同）

室町時代といふ、現世の無常と信仰の永遠とを聊《いささ》かも疑はなかったあの健全な時代を、史家は乱世と呼んで安心してゐる。

そうした近代の仮面を剥《は》いでいく批評行為は、他の編よりも長い分量が与えられた「西行」と「実朝」に顕著に表れている。これまでの言い古された評価などは批判的に紹介される以外、ほぼ無視されて、西行に対しては『いかにかすべき我心』これが西行が執拗に繰返し続けた呪文である」というところに着目し、「我心」の根底に巣くう「孤独」を探り出し、「孤独」から生成されてくる「平明な純粋な一楽句」が出てくる契機をあぶり出す。

他方、実朝に対しては、実朝の和歌から「青年の殆ど生理的とも言ひたい様な憂悶を感じ」られるところから、やはり、そこに「作者の孤独」を読み取り、さらに、孤独と一体化している「深い無邪気さ」が明らかにされていくという次第である。

西行と実朝は、お互い近い時代に生きていたものの、およそ異なるタイプの歌人に属するが、小林の手にかかると、彼らの同時代歌人とはまるで境位が異なる詩人として位置づけられてしまう。いわば、西行と実朝が同時代歌人、即ち、「近代」歌人の批判をしているように思われてくるのである。そうした批評を行う時の小林のキーワードは、「平家物語」でも強調される「一種の哀調は、この作の叙事詩としての驚くべき純粋さから来る」という「純粋さ」ということになるだろうか。

「純粋さ」の尊重では、天性の自然児である木曽義仲を論じた保田（「木曾冠者」）とまたも共通する。戦時という非常時、だが、近代における非常時に対して、これが小林の選んだ立ち位置だということだろうか。よって、これまでにない、斬新極まる古典論ができあがったのである。

戦争と古典――前近代と近代

以上のように、戦前における古典復興は、戦時という時勢と深く関係していた。そこから、前近代における古典的公共圏が内乱・戦乱に対してもかなりの強度をもち、なおかつ、古典・和歌復興の狼煙《のろし》が何度も上がっていることを連想する向きもあろうし、戦争と古典あるいは芸術という関係では、藤《ふじ》田《た》嗣《つぐ》治《はる》（一八八六～一九六八）をはじめとする画家が積極的に戦争画を描いたことを想起した人もいるだろう。ともかく、戦争という例外状態は、自己のアイデンティティーを深く揺さぶり、自己の根源を質《ただ》したくなる気分を平時よりも一層高める可能性が高いことは一応認められるのではないだろうか。

　あるべき本来の日本に戻したい、本来の日本を維持したいという面が強かった前近代の古典的公共圏、とりわけ、応仁の乱以降の古典復興とはその点が決定的に異なるところではないか。保田や小林のように、古典の中に無邪気さや純粋さを、前近代人は宣長などの国学者を除いて求めなかったからである。逆に言えば、保田や小林は、古典の中に近代の毒に侵されていない純然たる個人を見出し、その個人に対して可能な限り接近しようとしたのである。むろん、それは自己の描く理想像としてである。その点、保田・小林も手垢にまみれた言い方をすれば、純然たる近代人であったのだ。

　だが、戦争と古典を繋いだのは、蓮田を除いて、ほぼ非国文学者たちであったことは改めて強調しておきたい。逆に言えば、非国文学者たちによって、古典は曲がりなりにも復活を遂げたのである。

左翼運動と訣別《けつべつ》した後、日本浪曼派にやや近いところにいた太宰治《だざいおさむ》（一九〇九〜一九四八）が『右大臣実朝』を書き下ろしで刊行したのも、そう言えば、一九四三年の戦時中であった。とはいえ、この時期が、古典が文化の復興になった最後の時代だったことは記憶にとどめておきたい。

(3) 戦後期——戦後における古典

やはり古文を軽視していた戦後の高校生

林房雄が嘆いた大正期の中学生の姿は、おそらくそのままないしはさらにひどくなって戦後から現代に至るまで続いていた。私の周囲にいた一九五〇年代半ば生まれの高校生もほぼ大正期と同じであった。

それでも、序章でも触れたように、時折、変人あるいはオタク（当時はこのような言葉はなかったが）と称される少数派の生徒が古文を好きになったり、『源氏物語』に嵌まったりしたのもいたが、音楽趣味でいえば、演歌、ジャズ、クラシックと並ぶ圧倒的なマイナーであった（メジャーは英米ロックである）。どうでもいいことを記すと、進学校にはたまにだが、森進一の演歌を三〇曲三番まで歌えるという奴がいたものである。これと古典好きは似たようなものであった。要するにマイナーであることに意味を見出す奇特な連中だということである。

その一方で、英語は大正期の中学生と同じく多くの生徒が勉強していた。ロックなどと同様に、英米文化への憧れもほんの少しあっただろうが、多くは、入試で必修だったからである。古文・漢文は理系の場合、東大以外では出題されない。しかし、英語は文系・理系のいずれも必修であり、大学入試に受かるためには、手を抜くことのできない科目だった。とりわけ、私立大学文科系の場合、入試科目は、英語・国語・社会（大概は日本史か世界史）の三科目入試がほとんどであり、私立大学の偏差値は英語の難易度でほぼ決まっていたのである。

カルチャーセンターの古典講座

それでも、二〇年くらい前にカルチャーセンターで古典を論じた時、中には、自分は理系だったが、古典にはもともと興味があったから受講したという愛すべき方もいらしたものだ。講義終了後、受講者の学歴傾向を知らされたが、年齢的には七〇歳以上が多数派だったにもかかわらず、女性も含めて皆さんほぼ高学歴であった。その方々にはまだ教養主義的な雰囲気が残っており、若い頃にきちんと学べなかった古典を学び返したいと思われたのだろう。そうした人たちが、実はカルチャーセンターの役に立たない講座（古典など）を支えていたのである。

だが、私の世代以降にかかる愛すべき人たちはほぼいなくなってしまったのではないか。だから、今後はこの講座はどうですか？　と尋ねてきたセンターの運営者には、いずれ古典講座よりも、英会話や太極拳などを強化した方が受講生の集まりがよいと思いますよと伝えたものである。

というわけで、明治以後の古典は、国語科の一科目になったことによって、実利の面でも興味の面でも、可能ならば学びたくはないが、なんとか成績だけは及第点をとって、入試問題が解ければよしとされる卑小で哀れな存在になってしまったのである。これが近現代のもたらした古典の末路である。

戦後における古典のありよう

ここで、戦後における文化としての古典について論じてみたい。戦後から今日においても、古典の普及に貢献したのは、

円地文子《えんちふみこ》（一九〇五～一九八六）全一〇巻、新潮社、一九七三年
田辺聖子《たなべせいこ》（一九二八～二〇一九）全五巻、新潮社、一九七九年
橋本治《はしもとおさむ》（一九四八～二〇一九）全一四巻、中央公論社、一九九三年
瀬戸内寂聴《せとうちじゃくちょう》（一九二二～二〇二一）全一〇巻、講談社、一九九八年
尾崎左永子《おざきさえこ》（一九二七～）全四巻、小学館、一九九八年
大塚《おおつか》ひかり（一九六一～）全六巻、筑摩書房、二〇一〇年
林望《はやしのぞむ》（一九四九～）全一〇巻、祥伝社、二〇一三年
角田光代《かくたみつよ》（一九六七～）全三巻、河出書房新社、二〇二〇年

といった作家・評論家による『源氏物語』の現代語訳であった。原著者である紫式部を意識したのか、女性作家による翻訳が多い。故に、大ヒットしたものはほぼ女性作家の現代語訳

となる。

なお、角田の現代語訳は、池澤夏樹《いけざわなつき》個人編集『日本文学全集』の一巻であった。全三〇巻のうち、古典編は一巻〜一二巻までであり、すべて新訳なのが特徴である。訳者が全員作家であることはもはや驚くに価《あたい》しない（以前あった企画も同様であった。『現代語訳　学研版　日本の古典』全二二巻、一九八〇年など）。作家でないと注目されず、おそらくは売れない。敢えて作家ばかりに著名な国文学者を挙げてみても、故松田修《まつだおさむ》（一九二七〜二〇〇四）か、野口《のぐち》武彦《たけひこ》（一九三七〜）、藤井貞和《ふじいさだかず》（一九四二〜）くらいしか見当たらず、彼らは現代語訳などという仕事はしないと思われるので、編者が作家であるなら同じ作家を選択する他はなかったのだろう。

サブカルチャーの王『源氏物語』

戦後における古典とは、作家による古典の現代語訳をはじめとする娯楽物、あるいは、サブカルチャーとして展開した。その中で王様は言うまでもなく、『源氏物語』である。

前述したように、多くの現代語訳をもつばかりでなく、多様な創作物を生み出している。

①映画

『源氏物語』、一九五一年
『源氏物語浮舟』、一九五七年
『新源氏物語』、一九六一年
『源氏物語』、一九六六年
『紫式部源氏物語』（アニメ）、一九八七年
『千年の恋　ひかる源氏物語』、二〇〇一年
『源氏物語　千年の謎』、二〇一一年
『十二単衣を着た悪魔』、二〇二〇年

②ドラマ

『源氏物語浮舟』、一九五七年
『ミュージカル・コメディ源氏物語』、一九五八年
『源氏物語』、全六一回、一九五九年
『源氏物語』、全二六回、一九六五～一九六六年

『源氏物語』、一九八〇年
『源氏物語　上の巻　下の巻』全二回、一九九一～一九九二年
『映像詩　源氏物語あさきゆめみし～Lived in A Dream～』、二〇〇〇年
『鵜飼いに恋した夏』、二〇一四年
『源氏さん物語』、二〇一七年

③漫画

大和和紀『あさきゆめみし』、全一三巻、一九七九～一九九三年
牧《まき》美《み》也《や》子《こ》『源氏物語』、全八巻、一九八八～一九九〇年
江《え》川《がわ》達《たつ》也《や》『源氏物語』、全七巻、二〇〇一年～二〇〇五年
森《もり》猫《ねこ》まりり『源氏物語～愛と罪と～』、二〇一九年より連載中

などなど、いやはや圧倒される量であり、今後もこうした展開は増えていくことだろう。

その他、林《はやし》真《ま》理《り》子《こ》（一九五四～）には翻案小説『六条御息所　源氏がたり』（全三巻、二〇〇八～二〇一三年）もあるが、現代を舞台にした『愉楽にて』（二〇一八年）は、さして格好

よくはないがお金に困っていない貴公子二人と複数の女性をめぐる物語であり、『源氏物語』宇治十帖《うじじゅうじょう》を下敷きにした翻案とみてよいだろう。今後もこの手の翻案、第二次翻訳物は量産されるに違いない。

さらに、**④舞台**を挙げてみると、歌舞伎では『藤壺絵巻』（川口松太郎《かわぐちまつたろう》原作、一九五一年）から『源氏物語　葵巻』（円地文子原作、一九七五年）を経て、市川海老蔵《いちかわえびぞう》（現・團十郎白猿、一九七七〜）の当たり役となった『源氏物語』（二〇一四年初演）に至る『源氏物語』上演史がある。また、決して無視してはいけない宝塚歌劇では、一九一九年から二〇一五年の花組公演に至るまで、一四回（含宇治十帖）も上演されている。本劇場で一四回上演された『ベルサイユのばら』と並ぶ看板演目となっているのだ。

二〇〇八年、京都を中心にして「源氏物語千年紀」が開催され、天皇皇后（現上皇・上皇后）が京都御所に宿泊し、『源氏物語』ゆかりの「青海波《せいがいは》」を見るといった、ある意味で『源氏物語』的世界の再現まで行われた。また、十一月一日が古典の日と制定されたが、これまた、『源氏物語』が寛弘《かんこう》五年（一〇〇八）十一月一日に成立したという伝承に基づいた日時決定なのであった。言い換えれば、古典＝『源氏物語』となったのである。

だが、前近代において、私が命名する四大古典のうちの『古今集』・『伊勢物語』・『和漢朗詠集』といった由緒ある古典はほぼ無視されている。『源氏物語』以外で話題になるのは、カルタ競技でもある『百人一首』くらいのものだろう。これとて、もともとは宗祇がはじめて注釈をつけて古典に入れられた、比較的新しい古典に過ぎないのである。

言ってみれば、客が呼べて、お金になる古典は『源氏物語』だけだということだろう。これこそ、古典の末路を象徴する出来事であろう。意地悪く言えば、『源氏物語』のみ栄えて古典滅ぶということである。

最後に、こうした古典の惨憺《さんたん》たる有様の原因を作ったのは、改めて強調するまでもなく、日本の近代化であった。

ドイツにおける古典――カール・シュミットの場合

たとえば、やはり遅れて近代化をスタートしたドイツでは、つい近年まで大学に進学する生徒が入学するギムナジウム（八年制）では、前期六年間は古典語であるラテン語が必修であった。

一九〇〇年に母親の内職等でなんとかギムナジウムに入学できたカール・シュミットは、一九〇七年アビトゥーア（卒業資格）をとり、文献学を学ぼうと決めていたが、フランスに住む親戚のところに遊びに行った時、「法律を勉強したまえ」と言われて、いやいや法律学を選択したところ、最初の講義がローマ法だった。シュミットは「私にはそれはそれは楽しみでした。ラテン語――それはものすごい喜びでした」と語っている。[*14] 八〇歳になった時、シュミットはもうラテン語でものを考えることができなくなったと嘆いてもいる。

シュミットは、ラテン語の他にも古典ギリシア語、現代語では、フランス語、英語、スペイン語、イタリア語を解し、大概のイデオロギー的有効性を持つ言語（ファシスト語、マルクス語、ローマ・カトリック語、プロテスタント語などなど）を自在に操ることができた天才級の人物だったとはいえ、[*15] 同時期の日本人と比較してみると、ドイツの古典教育がはるかに充実していたことが分かるだろう。漱石・鷗外は漢詩・外国語・俳句・和歌をものしたが、それは、彼らはまだ明治が近代化する以前に古典的教養を身につけていたからである。

学校教育において古典は廃止されなかった。だが、決して重視もされなかったのである。となると、現代、サブカルチャーで生きる以外他に道はあっただろうか。

かくなる現実を見て、嘆く人は言うまでもなく少数派、例外者である。

＊1　前田雅之「成績という文化——近代のアイロニー」（『なぜ古典を勉強するのか』所収、文学通信、二〇一八年）

＊2　鈴木俊幸『近世読者とそのゆくえ：読書と書籍流通の近世・近代』（平凡社、二〇一七年）

＊3　井上泰至『正岡子規：俳句あり即ち日本文学あり』（ミネルヴァ書房、二〇二〇年）

＊4　坂井雄吉『井上毅と明治国家』（東京大学出版会、一九八三年）、ならびに木野主計『井上毅研究』（続群書類従完成会、一九九五年）

＊5　のちに戦前の教育制度の基本となった。海後宗臣編『井上毅の教育政策』（東京大学出版会、一九六八年）

＊6　林房雄『大東亜戦争肯定論』（番町書房、一九六四年、中公文庫、二〇一四年）

＊7　前田雅之「国文学始動元年、明治二十三年の夢と幻滅」（『なぜ古典を勉強するのか』所収、文学通信、二〇一八年）

＊8　前田雅之「研究者共同体と大衆文化」（『なぜ古典を勉強するのか』所収、文学通信、二〇一八年）

＊9　神野藤昭夫『よみがえる与謝野晶子の源氏物語』（花鳥社、二〇二二年）

＊10　保田與重郎『後鳥羽院（増補新版）』（新学社、一九七二年、原著一九三九年）

＊11　前田雅之『保田與重郎　近代・古典・日本』（勉誠出版、二〇一七年）

＊12　小高根二郎編『蓮田善明全集』（島津書房、一九八九年）

＊13　井口時男『蓮田善明　戦争と文学』（論創社、二〇一九年）はその意味で今後を切り開く著作である

＊14　初宿正典「シュミットとの対話Ⅱ」（『カール・シュミットと五人のユダヤ人法学者』所収、成文堂、

二〇一六年）

＊15　ラインハルト・メーリング著、藤崎剛人訳『カール・シュミット入門』（書肆心水、二〇二二年）

終章

古典の活路

――それでも古典を学ぶことには意義がある

日本の近代と古典の不幸な関係

近代日本の歩みとは、大急ぎで振り返ってみると、以下のように叙述できるだろう。幕末に開国し、維新以後、急速に近代化し、日清・日露戦争を戦い抜き、なんとか世界の一等国の一翼を担うに至った後、大正デモクラシーという能天気ないい時代を過ぎた頃から、関東大震災、世界恐慌という国内経済を揺るがす事態が続発し、その打開策としての満洲《まんしゅう》事《じ》変《へん》、それで止まらず、八年に及んだ日中戦争に拡大し、遂には米英蘭に対する大東亜戦争（太平洋戦争）を起こし、一九四五年八月、徹底的な敗北を喫した。

戦後は、戦前とは一転してアメリカに守られ従属させられた平和国家として生きることになり、朝鮮戦争の特需で経済復興を遂げ、その後の高度成長で気がつけば、世界第二の経済大国になっていた。だが、調子に乗りすぎたか、一九九一年のバブル崩壊後、二〇年とも三〇年とも言われる長い停滞期を経て国家・国民に元気がなくなった頃、急速に経済大国となった中国の政治的・軍事的な擡頭によって、今までの軽武装平和国家も維持できず、かといって世界第三位の経済大国としての地位も危うくなり、少子高齢化に悩みつつ現状をほとんど克服できていないのが現在の日本ということだろう。

だが、このような戦争と平和、あるいは国家の盛衰の構図だけでは見えないものが日本の近代にあることは、これまで述べてきた通りである。

近代日本は、結局のところ、近代化の代償として、古典およびそれと一体化していた古典的公共圏をいとも簡単に捨ててしまったのであった。本書でも触れた宣長は戦前の小学校における国語や修身の国定教科書にも登場し（「松坂の一夜」）、国民的規模において賛嘆されたが、宣長にある古典崇拝が強調されたことはほとんどなかった。ただ立派な人として尊敬されただけである。宣長の著名な和歌である「敷島の大和心を人問はば朝日に匂ふ山桜花」は国民一般にかなり浸透したが、大戦末期、なぜか宣長の一方の主張である強烈な排外主義が妙なところにぽっと出てきて、ほとんど和歌の意味とは関係をもたない、最初の特攻隊の隊名（敷島隊《しきしまたい》、大和隊など）に使用されたくらいであった。特攻隊と宣長の奇妙な結びつきに、近代日本における古典の落剥《らくはく》を深くかつ強烈に感じることができる。

古典を価値としては殺し、その一方で、いやいや学ばせる学校教育と、ある意味で娯楽としてのサブカルチャーで生かしてきた近現代日本は、どのような問題を抱え込んだであろうか。以下、列挙して考えておきたい。

歴史感覚を喪失した日本人——司馬遼太郎の問題

現代の日本人の多くは歴史好きである。その証拠に、毎年一定の視聴率を誇るＮＨＫの大河ドラマで取り上げられるのはおおむね戦国期、幕末期といった前近代であり、時代小説は相変わらず人気がある。

戦後の日本人に歴史を教えてくれた代表は、おそらくは司馬遼太郎《しばりょうたろう》（一九二三〜一九九六）ということになるだろう（幕末は頼山陽《らいさんよう》、戦前は徳富蘇峰《とくとみそほう》、吉川英治《よしかわえいじ》であったろう）。司馬の死後、司馬史観として歴史研究者他に批判されたものの、今もなお、六〇代以上の人には圧倒的な影響力を誇っている。だが、言っては何だが、司馬の歴史叙述は、あくまで司馬の個人的な歴史観に過ぎない。しかも、そこには司馬の個人的な軍隊経験も投影されているので、戦後の日本人にとっては、左翼系歴史学者が説くような自虐的な歴史観にならないで済んだものの、言ってみれば、それだけと言ってよいものであった。なんと言っても『坂の上の雲』の先にある昭和日本を描けなかったのが司馬だったのである。

しかも、司馬の中では傑作に入る『関ヶ原』（一九六六）における幽斎・忠興の描き方を見る限り、司馬自身に古典的教養はさしてあるとは言えなかった（大阪外国語学校蒙古語科出身は関係がない。興味がなかったということだろう）。司馬は幽斎・忠興の教養に関する具体的な中身を書くことができなかったのである。要するに、司馬の歴史理解とは、前近代における古典的公共圏に対する無視や無知を、さまざまに雑多な知識を動員することによって糊塗《こと》していただけに過ぎないのであった。

司馬の一見冷静で客観的な歴史観は、左翼的な歴史観と同様に、対象とする時代の生きた言説を伴った歴史を体験する、さらに言えば、小林や保田が発見した、近代的先入観を取っ払った歴史への見方とは絶望的な距離があったのである。最大の罪はこれで歴史が分かったという気分を読者に与えたことではなかったか？

生の歴史へ帰ること

私たちは、生きた歴史に戻り、体験するために、改めて古典を読む必要があるのではないか。なぜならそこには時代時代の人たちが記した、言説としての生の歴史があるからである。

たとえば、室町期の知の巨人、一条兼良は、『源氏物語』にあるべき理想の王朝を幻視していた。これは幻視だが、兼良は幻視だけでは終わらない。『花鳥余情《かちょうよせい》』という詳細極まる注釈を作成し、その中で、『源氏物語』に出てくる装束や有職について全精力を傾けて考証していく。なぜそんなことをするのか。兼良にとって『源氏物語』は単なる古典ではない、理想の王朝を記した生の歴史にまつわる書物なのである。だから、応仁の乱後の荒れた都をなんとか元に戻したくて、些細なことにも兼良は目を配るのである。

これが生の歴史である。前近代人はそうやって古典の描く過去に戻っていたのである。それは和歌では本歌取りなどを通して、俳諧では芭蕉の句などを通して実感されよう。

なにしろ芭蕉ときては、和歌的伝統で「鳴く」か「声」とともに描かれる「蛙《かわず》」が「飛び込む」ことで蛙の「音」を表現しているのである。[*1] ここには古典の描く歴史と現代の俗語（「飛び込む」）の見事な融合を見ることができるのではないか。

古典をもっている国民であることを忘れた日本人

次に、本書の序章で述べたことを繰り返すと、世界は、古典・古典語をもつ国・地域とそうでない国・地域に分かれている。これまた、繰り返すが、どちらがいい、優れているといった問題ではない。問題なのは、古典・古典語をもった国・地域に生まれた〈宿命〉をどう考えるかということだ。

古典・古典語をもった国・地域に生まれ育った人間（国籍はこの際関係がない）は、それを運命・宿命として引き受ける必要があるのではないか。なぜか。そこに、その国・地域に住む人間のアイデンティティーがあることはこれまで述べてきたことだが、それと同時に、古典語で記された古典によって、私たちは、言語的感性の連続性をおのが心身に身につけることができるのである。それは、ある詩人の言葉として伝わっている「僕はひとりではない、僕は言葉を通して過去とつながっている」といった感覚を古典によって体得することができるのである。単なる過去を歴史、主として概説書で学ぶことと、古典を体得することの違いはここにある。

言葉を通して過去と繋がる。もう過去から逃げ出せないではないか。冗談を言っているのではない。それは強《きよう》固《こ》なアイデンティティーともなり、いずれそれを拒絶するにせよ、古典・古典語をもつ国・地域に生まれ育った人間特有の態度を作り上げるのである。

ユダヤ人にとっての古典＝宗教

ここで、ユダヤ人・民族のことを考えてみよう。彼らは、紀元一三二年にローマ帝国によってイスラエルの地を追われ（多分にユダヤ側に問題があったにせよ）、放浪の民となった（むろん、その後もそのままイスラエル＝パレスチナに住んでいたユダヤ人もいた）。その後、ヨーロッパ・中東全域に散在して、アシュケナージ系、スファラディ系という主要な二派がありながらも、いずれの世界においても、アイザック・ドイッチャー（一九〇七〜一九六七）が描いた「非ユダヤ的ユダヤ人」[*2] 以外のユダヤ人の多くは、ユダヤ教の教えを守り、『トーラー』・『タルムード』を古典ヘブライ語で唱え、その他、ユダヤの戒律を守り生き抜いてきた。むろん、こうした宗教的伝統は一九世紀以降のナショナリズムとしてのシオニズムとは原則無関係である。

それでは、国をもたないユダヤ人にとって古典ヘブライ語や『トーラー』・『タルムード』とは何なのか？　それは、自らがユダヤ人であることを証明し、アイデンティティーを確立しうる書物だということだろう。要するに、これらなくしてユダヤ人たりえないものなのである（他にはさまざまな戒律などがあるが）。

そのようなユダヤ人社会から、アインシュタイン（一八七九〜一九五五）をはじめとする天才的な学者を他の民族よりも比率として多く輩出したことは、改めて記憶にとどめておいてよい。

アイデンティティーを確保するものとしての古典

近代以降、古典的公共圏に基づく価値観を喪失した日本は、国民教育のために古典的公共圏に代わって、忠君愛国（但し『教育勅語』は本人の栄達を是認しているから、儒教の復活ではない）を基盤に置く方針に変換した。そして、この忠君愛国も大東亜戦争（太平洋戦争）の敗北による民主化によって、もろくも終わりを告げた。

『教育勅語』に代わって制定された『教育基本法』（一九四七）の第一条（二〇〇六年に改正されたが第一条は変わっていない）は

> 教育は、人格の完成を目指し、平和で民主的な国家及び社会の形成者として必要な資質を備えた心身ともに健康な国民の育成を期して行われなければならない。

であるが、「人格の完成」とは何のことかさっぱり分からない。「人格の完成」と「平和で民主的な国家及び社会の形成者」および「必要な資質を備えた心身ともに健康な国民」との関係がよく分からない。「人格の完成」者が「形成者」および「心身ともに健康な国民」に直接繋がるかどうかが曖昧故である。

要するに、これはお題目ということだろう。ソ連によってシベリアに不当に抑留された日本陸軍の軍人たちの一人が最後は「南無阿弥陀仏」しかなかったと語っていたが、念仏にしろお題目にしろ、役に立つのはそのような例外状況の場合であろう。こうした抽象的かつ総花的なお題目は、断言すれば、アイデンティティーたりえないのである。なぜか？　永遠に自分が何者であるか実感できないからである。それがお題目たる所以である。

私は、このようなお題目に代わって、教育の指針となるのは、日本に住む人間としてのアイデンティティーを確保するために、古典・古典語をもつ国・地域の〈宿命〉として、古典をベースにすべきだと確信している。たとえば、小学校から、古典の名文、百人一首などを児童たちに記憶させ、朗詠させる。当初は意味など分からなくてもよい。私の祖父は酔っ払うと、『太平記』の一節「落花《らっか》の雪に踏み迷ふ交野《かたの》の春の桜狩り」を口ずさんでいたが（おそらく商業学校時代に覚えさせられたのであろう）、それだけで、過去の日本と自分が繋がり、アイデンティティー確立の一助となるのではないか。

それが何の役に立つのか、と言われれば、実利的には何の役にも立たない（言っておくと、実利的に役立つものはほぼすぐに古びることは既に証明済みである）が、自己を豊かにし、過去と繋がる自己を作っていくことだけは間違いない。こうして、古典・古典語をもった国・地域に生まれ育ったという〈宿命〉を甘受し体得することによって、古典はアイデンティティーとなるのである。加えて、古典によって「人格の完成」とやらが実現したら、これに越したことはないだろう。

現代を相対化する古典

周知のように、現代社会の変動はすさまじいものがあり、かつての常識はすぐに非常識になり、技術もあっという間に革新されていく。日本人の中にはそれに追いつくために四苦八苦している向きもそれなりの数に及ぶだろう。

だが、ふと我に返った時、現状に追いつくことばかり考えて、現状というものをどうやって相対化するのかを忘れていることが多いのではあるまいか。つまり、冷静になれないということである。

ビスマルク（一八一五～一八九八）の著名な名言「愚者は経験に学び、賢者は歴史に学ぶ」の本来の意味は、後段は「賢者は他人の経験（の失敗）から学ぶ」らしいのだが、それはともかく、歴史の中に古典を含めると、古典のもつ価値が改めて明確になるだろう。しかも、当時の生の言説で古典は書かれており、概説の傾向が強い一般向けの歴史書とはやはり重みが異なるのだ。

『徒然草』八五段の末尾を引いておこう。

狂人の真似とて大路《おおじ》を走らば、すなはち狂人なり。悪人の真似とて人を殺さば、悪人なり。驥《き》を学ぶは驥の類《たぐい》、舜《しゅん》を学ぶは舜の徒《ともがら》なり。偽りても賢を学ばんを賢といふべし。

（角川ソフィア文庫版に拠る）

いかがであろうか。兼好《けんこう》は言っているのだ。狂人の真似をした行為は即狂人、悪人の真似も同様。だが、聖人（舜）の真似をすれば、舜の徒であり、嘘だと思っても賢を学ぶのが賢だと言っている。一気に気分が楽になることを覚えると同時に、さて、現状はどうなのかという再検討、反省の縁もここにあることに気づくだろう。今の世の中の皆さん、狂人の真似かな。だったら、賢人の真似をしたら、さて、自分はどうなのだろうか。行為を改めるだけでも狂人にも賢人にもなれる。そこから、現代を相対化しうるだろう。

もう一つ今度は色恋沙汰について挙げてみたい。『源氏物語』「蜻蛉」巻の浮舟の入水《じゅすい》（実は生きていたが）後の匂宮《におうのみや》と対話した薫の心中を示す箇所を引いておこう。

「さればよ。なほよその文《ふみ》通《かよ》はしのみにはあらぬなりけり。見たまひては必ずさ思しぬべかりし人ぞかし。ながらへましかば、ただなるよりは、わがためにをこなる事も出《い》で来なまし」と思すになむ、焦がるる胸もすこしさむる心地したまひける。

（新編日本古典文学全集に拠る）

（「思っていた通りだ、やはり二人〈匂宮と浮舟〉は文通だけの関係ではなかったのだな。匂宮がご覧になると必ず本気になられるに違いない女ではあった。もし浮舟が長らえていたら、ただの他人よりは身内故に却って、自分のためには愚かしい事態が起こったかもしれない」とお思いになると、浮舟を失って焦がれる気持ちが少し冷めるような心地がなさった）

この箇所を読み進めるにつけ、なんとも言えない男の保身とエゴイズムにあきれ果てる人もいるだろうが、だが、事が三角関係となると、えてしてこのような感情をもつことに至るのではないか。これまた、現状の悩める自己や状況を相対化しうる重要な言説や指針となるだろう。しかも、その前後にある情景描写、薫の匂宮への配慮などを読み解いていくと、気がつけば、王朝世界の中に自分がいるような気がしてくるではないか。過去と現在の往復運動ができるのも古典の徳である。

ほんの二例だが、このような生きた知恵が古典にはあふれかえっているのである。そして、古典は私たちを遠回しにかつ直接にゆさぶるのである。

むろん、古典とははるか昔の出来事や物語を記したものであり、言ってみれば、現在の私たちにとって、明確な他者である。他者としての古典を背負っているのが私たちなのである。だが、古典は他者であるからこそ、現代の読者である私をも相対化しうる。単なる教訓や暇つぶしで読むのはもったいない。私の周囲にある他者、これから迫りつつある未来という他者に対して、古典という他者の目を通して、外界・未来を相対化しえたら、地に足が着いたさらなる覚悟が生まれるのではあるまいか。

一九二〇年代のオックスフォード大学の教授は、経済学を学びたい学生に、「古典を読め、そこにはすべてが書かれている」と言ったという話がある。それは具体的な学問に関する知や情報ではないが、現状を相対化し、何が大事であるかを教える力が古典にあると言うのであろう。

〈宿命〉を乗り越えて

古典・古典語をもつ国・地域に生まれ育った人間は、古典を〈宿命〉として背負っていくしかないのである。それを捨てても構わない。だが、その前に、古典と対峙し、古典を体得してから、捨ててもらいたい。
〈宿命〉としての古典、なんだかいやだなと思う人が多いだろう。自己を束縛する、自由を奪う、いやだという声がいたるところから聞こえてきそうだ。しかし、自己の過去・祖先を支えていた古典および古典によって裏付けられた歴史があってこそ、自己のアイデンティティーも確保されるのである。自己のアイデンティティーがあるからこそ、そこをどうにか突破していくか、アイデンティティーをさらに深めるかという動機も起こる。それがなければ、単なるデラシネ（＝根無し草）に過ぎなくなるのだ。

世界のグローバル化の進展は、どうやら、米中対立やウクライナ戦争以降、逆行してきたようである。そのような時代だからこそ、古典を単なる教科やサブカルチャーから解放して、アイデンティティー、歴史、現代の相対化という視点で読み替えておのがものにしようではないか。

そのためにも、遅ればせながら、言い添えれば、学校教育における古典教育は絶対に必要である。可能ならば、前述したように、小学校時から始めてもらいたい（英語などやる必要はない）。黙って秀歌・名文を音読して、暗記・暗誦・朗詠する。これが古典体得の始めである。中学校以降は、文法などを学んで意味の把握も目指すも、基本は音読がよい。こうして〈宿命〉としての古典を否が応でも体得させていくのである。体得してしまえば、もうしめたものである。後は勝手にやってくれということだ。

むろん、古典教育の余興として、オックスフォード大学古典学科出身のボリス・ジョンソン（一九六四～）英元首相のように、記者団を煙《けむ》にまいたり、故エリザベス女王（一九二六～二〇二二）のように、息子の皇太子（現国王チャールズ三世〈一九四八～〉）とダイアナ（一九六一～一九九七）の離婚を踏まえて「annus horribilis」（まあ、ひどい年）と悲しみをユーモアに包み込んだりして、ラテン語を活用してもよいだろう。

〈宿命〉を背負って、明るく未来に向かって生きる。古典とはそのような指針となり、他者としての友となってくれるありがたい存在なのである。『徒然草』でいえば、「見ぬ世の人を友とする」ことそのものなのである。

＊1　上野洋三『芭蕉論』（筑摩書房、一九九五年）
＊2　アイザック・ドイッチャー著、鈴木一郎訳『非ユダヤ的ユダヤ人』（岩波新書、一九七〇年）

おわりに

もう一〇年近くになろうか、私が提唱していた古典的公共圏についての本を出したいと願ってきた。出し方については、これまで書き散らしてきたものをまとめた論集がよいのか、それとも、新書形態あたりの小ぶりの本がよいのか、迷ったまま数年が過ぎた。

出てきた結論は、論集として『戦乱で躍動する日本中世の和歌・古典学』（仮題）として出すことだった（未完である）。だが、新書形態で出してみたいという欲望は募ったままだった。しかし、その方面につてもないので、そのうちなんとかなるかで放っておいた。

だが、天は私を見捨てなかったようである。六月に入ってからか、光文社新書副編集長の田頭晃氏がお声をかけてくださったのである。中旬、私の研究室を訪問してくださり、こちらの趣旨を伝えたところ、快諾を得た。

私は、古典がなぜ前近代では伝わり、近代では断絶したかに関心があったので、前近代における古典の立ち位置を「古典的公共圏」と命名して、その変遷を追いながら、近代においてはどうして断絶したのかを考えてみたかった。これが本書の動機と狙いである。

本書では触れなかったが、私の第二専門は明治以降の日本陸軍史である。古典と陸軍、なんだこれは？　と思う人が多かろうが、私の考えでは、近代とは、官僚・軍隊・学校が具体化したものである。その三つの機関を全部もっているのが陸軍なのだ（海軍もそうだが、陸軍幼年学校のような中学校に相当する学校がないことに加えて、官僚組織としての規模が陸軍に比べて圧倒的に小さいので、陸軍となる）。

私の中では古典と陸軍は断続している。なにしろ古典を捨てた近代の代表が陸軍であり、こともあろうか、「君・僕」で呼び合い、欧米留学を経験した陸軍エリートの多くは自らを武人だと思っていたし、中には短歌・俳句の名人もいたのである。ちなみに、幼年学校では古典（古文・漢文）はそれなりにしっかりと教えられていた。こちらは今後の課題であろう。

今回、田頭氏のおかげで、古典論を執筆することができた。満《まん》腔《こう》の感謝の気持ちを表したい。

また、これまで私の研究生活といった道楽を支えてくださった多くの人たちにもこの場を借りてお礼を申し上げたい。

最後に、私の研究人生を支えてくれた言葉を引いて、締めとしたい。

知的廉直《れんちょく》さに価値があるとすれば、幻想の破壊は最大の収穫である。

――カール・シュミット

令和四年（二〇二二）九月一〇日

前田雅之

南大沢の茅屋《ぼうおく》にて

読んでおきたい古典（現代語訳・注釈書）10選

①『古今和歌集』

角川ソフィア文庫、高田《たかだ》祐彦《ひろひこ》編『古今和歌集』が訳文に無駄なものがなく、一等信頼できる。『古今和歌集』（新日本古典文学大系、小島《こじま》憲之《のりゆき》・新井《あらい》栄蔵《えいぞう》校注）は、大家の仕事だが、訳文が堅すぎる。『古今和歌集』（新編日本古典文学全集、小沢《おざわ》正夫《まさお》・松田《まつだ》成穂《しげほ》校注釈）は、飛躍がひどすぎる。

②『伊勢物語』

『伊勢物語』（新日本古典文学大系、堀内《ほりうち》秀晃《ひであき》・秋山《あきやま》虔《けん》校注）がいいのではないか。また、幽斎の『伊勢物語闕疑抄《けつぎしょう》』が付録として付いているのがよい。『闕疑抄』を読むと、中世の伊勢注正統派の捉え方がほぼ分かる。

③『源氏物語』

『源氏物語』（新編日本古典文学全集、阿部《あべ》秋生《あきお》・秋山虔・今井《いまい》源衛《げんえ》校注・訳）全六巻が下段に訳文がついており、今も標準テキストであろう。なお、本文では、三条西実隆筆本（宮内庁書陵部蔵）を底本にした『源氏物語』（日本古典文学大系、山岸《やまぎし》徳平《とくへい》校注）全五巻がよいという見解が最近強くなっている。

私は、マイナーな本だが、吉沢《よしざわ》義則《よしのり》『対校源氏物語新釈』（全八冊、国書刊行会）を勧めたい。というのは、青表紙本と河内本の違いが傍注で示されているので、比較しながら読めるからである。

現代語訳では、円地文子訳の新潮文庫をよしとしたい。読みやすい日本語である。正確さで読むのなら、中野《なかの》幸一《こういち》訳『正訳源氏物語』全一〇巻（勉誠出版）がよいだろう。

④『和漢朗詠集』

手軽に読めるのでは、角川ソフィア文庫『和漢朗詠集』（三木《みき》雅博《まさひろ》、校注・訳）がいいだろう。もう少し勉強したい向きは『和漢朗詠集／新撰朗詠集』（和歌文学大系、佐藤《さとう》道生《みちお》・柳澤《やなぎさわ》良一《りょういち》著、明治書院）がいいと思われる。やや変わったものとして石原慎太郎《いしはらしんたろう》『声に出して詠もう和漢朗詠集』（牧野出版）もある。

⑤『徒然草』

これは角川ソフィア文庫『徒然草』（小川剛生《おがわたけお》校注・訳）で確定である。研究の到達点を示している。そして、パロディーまで押さえたくなったら岩波文庫『吉原徒然草』（上野洋三《うえのようぞう》校注）に進んでいただきたい。『徒然草』の一語・一文を見事に入れ替えて、遊郭の地吉原の話に変えている。

⑥『百人一首』

分かりやすいのでは、角川ソフィア文庫『百人一首（全）』（谷知子《たにともこ》校注・訳）だろうが、渋いところでは大岡信《おおおかまこと》『百人一首』（講談社文庫）も捨てがたい味がある。その他、古注を詠みたい場合は、島津忠夫《しまづただお》・上條彰次《かみじょうしょうじ》編『百人一首古注抄』（和泉書院）がよい。これで江戸期までの注釈がほぼ把握できると思われる。

⑦『定家八代抄《ていかはちだいしょう》』

岩波文庫『定家八代抄』（全二巻、樋口芳麻呂《ひぐちよしまろ》、後藤重郎《ごとうしげお》校注）がいいのではないか。藤原定家が八代集（『古今集』・『後撰集』・『拾遺集』・『後拾遺集』・『金葉集』・『詞花集』・『千載集』・『新古今集』）の中から秀歌を選んだもの。これだけでほぼ王朝和歌の代表的な和歌とはどういうものであったかが分かる。

⑧『水無瀬三吟何人百韻注《みなせさんぎんなんにんひゃくいんちゅう》』

『水無瀬三吟』が張行《ちょうぎょう》されたのは、長享《ちょうきょう》二年（一四八八）である。その時、宗祇六八歳、肖柏四六歳、宗長四一歳であった。連歌の代表作と言ってもよい名作であるが、連歌を素人が読むのはかなり難しい。だが、中世の古典・韻文を知るためには連歌は欠かせない。しかも、『水無瀬三吟』は後鳥羽院の二五〇年忌を記念した法楽連歌であった。こんな時、これを詠むのに、極めて便利なのが『水無瀬三吟何人百韻注』である。日本古典文学大系（旧大系）『連歌集』（伊地知鐵男《いじちてつお》校注）に江戸時代中期の書写本が翻刻してある。前句と付句の間にある注を読みながら、読み進めると面白いように句の繋がりや意味が分かる。これまで連歌は不当に無視されてきた。私の抵抗の意味も込めて、ここにこれを挙げた。

⑨『太平記』

軍記は私の概念では古典ではない。だが、圧倒的に読まれたことは確かだ。その中で、『平家物語』ではなく、戦後、無視され続けている『太平記』を挙げてみた。テキストは、岩波文庫『太平記』（全六巻、兵藤裕己《ひょうどうひろみ》校注）がよい。これは、西源院本《せいげんいんぼん》という古態本を用いたはじめての注釈である。『平家物語』が芸能であったのに対して、『太平記』は「太平記読み」という語りをする人が広めた。その過程で『太平記秘伝理尽抄《ひでんりじんしょう》』四〇巻という膨大な注釈書が生まれたのだ（現在、平凡社東洋文庫で刊行中）。少なくとも、『平家物語』よりも『太平記』の方が古典に近い。とはいえ、気軽に読まれることをお勧めする。

⑩『三河物語《みかわものがたり》』

どうして大久保忠教《おおくぼただたか》（彦左衛門）の書いた『三河物語』が古典なのだ、という声もあるだろう。だが、これまで大名が創立した文庫をそれなりに見て回ったが、必ずあるというべき書物が徳川氏の歴史と神君《しんくん》家康の伝記を記した『三河物語』なのである。譜代《ふだい》大名にとっては、ある種の聖典的書物であったのだ。終わり近くには、譜代の臣が厚遇されないことなどを嘆き、将軍批判とも受け取られることも忠教は記しているが、その根底にある奉公・忠義の念の深さは、やはり武士の鑑《かがみ》というべきものがある。テキストとしては、『三河物語　葉隠』（日本思想大系、齋木《さいき》一馬《かずま》校注）がよいと思われる。一応、現代語訳（『現代語訳三河物語』ちくま学芸文庫、小林《こばやし》賢章《たかあき》訳）もある。

前田雅之（まえだまさゆき）

1954年、山口県生まれ。明星大学人文学部日本文化学科教授。早稲田大学大学院文学研究科日本文学専攻博士後期課程単位取得退学。博士（文学）。専門は古典学、中世文学、日本思想史。著書に、『記憶の帝国【終わった時代】の古典論』（右文書院）、『書物と権力　中世文化の政治学』（吉川弘文館）、『保田與重郎　近代・古典・日本』（勉誠出版）、『古典的思考』（笠間書院）、『なぜ古典を勉強するのか　近代を古典で読み解くために』（文学通信）ほか。編著書に『画期としての室町　政事・宗教・古典学』（勉誠出版）などがある。

古典《こてん》と日本人《にほんじん》

「古典的公共圏《こてんてきこうきょうけん》」の栄光《えいこう》と没落《ぼつらく》

2022年12月30日初版１刷発行

著　者 ── 前田雅之
発行者 ── 三宅貴久
装　幀 ── アラン・チャン
印刷所 ── 萩原印刷
製本所 ── ナショナル製本
発行所 ── 株式会社光文社
東京都文京区音羽1-16-6(〒112-8011)
https://www.kobunsha.com/
電　話 ── 編集部03(5395)8289　書籍販売部03(5395)8116
業務部03(5395)8125
メール ── sinsyo@kobunsha.com

　ISBN 978-4-334-04640-8

1222

「友だち」から自由になる

石田光規

「友だち」とはメッセージ性が強すぎる概念だ！　古代ギリシアの時代から「友だち」がいかに変質してきたかを示しつつ、それでもなお成立する友情について探る。現代人のための新しい友人論。

978-4-334-04629-3

1223

アメリカの教会

「キリスト教国家」の歴史と本質

橋爪大三郎

福音派って何？　宗教右派って何？？　数多《あまた》ある宗派、分裂、統合、栄枯盛衰……現代アメリカの「なぜ？」を理解するために、植民地時代から現在に至るまでを丁寧に辿り解きほぐす決定版。

978-4-334-04631-6

1224

死は存在しない

最先端量子科学が示す新たな仮説

田坂広志

死後、我々はどうなるのか。「肉親」と再会できるのか。なぜ、「最先端の科学の知見」と「最古の宗教の直観」が一致するのか。この本を読み終えたとき、あなたの人生が変わる。

978-4-334-04630-9

1225

日本のピアニスト

その軌跡と現在地

本間ひろむ

「ピアニスト」という言葉の響きが放つ魔力――。日本のピアニストたちが歩んできた軌跡を辿りながら、今日、私たちが目にしている「新しいピアニスト像」までを射程に入れて考察。

978-4-334-04632-3

1226

観光立国・日本

ポストコロナ時代の戦略

箱谷真司

外国人訪日客99％減――。インバウンド受け入れの本格再開後、どのように観光産業を再生するか。日本各地を巡りＤＸやＳＤＧｓ、観光公害対策など、現場の挑戦と葛藤を追う。

978-4-334-04633-0

光文社新書

1227
新地方論
都市と地方の間で考える
小松理虔

「都市」と「地方」。二項対立ではない視点から改めて地方を10のテーマで考えたときに、見えてくるものとは何か。福島県いわき市を拠点に、多彩な活動を続ける著者の思考と実践の記録。

978-4-334-04634-7

1228
不安型愛着スタイル
他人の顔色に支配される人々
岡田尊司

自己肯定感が低い、気を遣いすぎて疲れてしまう、感覚が敏感で体調を崩しやすい……生きづらさの理由、そして克服や治療法は？　職場や家庭での周囲の対応の仕方も事例を交え詳述。

978-4-334-04635-4

1229
広告の仕事
広告と社会、希望について
杉山恒太郎

広告から〝公告〟へ。日本の広告界のレジェンドが、自らのクリエイティブを振り返りながら、広告の未来を熱く鋭く語る。山口周氏とのロング対談を収録。解説・河尻亨一氏。

978-4-334-04636-1

1230
「美食地質学」入門
和食と日本列島の素敵な関係
巽好幸

蕎麦を育む火山、出汁を支える山脈、日本酒と地球の大変動——。多彩な和食が生まれた理由は日本列島にある⁉　地下深くで密接に結びつく二つの意外な関係をマグマ学者が丁寧に紐解く。

978-4-334-04637-8

1231
時を超える美術
「グローカル・アート」の旅
新見隆

ローカル（地域、身近なもの）を大事にしながらグローバル（世界のありかた）につながる——。そんな「グローカル」な精神を宿した美術作品や芸術家に触れた「芸術風土記」エッセイ。

978-4-334-04638-5